BESTSELLER

Paloma Bravo nació en Madrid y es autora de *La novia de papá*, publicada en 2010 con un gran éxito de ventas en España, Latinoamérica e Italia. Actualmente está siendo adaptada para convertirse en una serie de televisión. También ha escrito *La piel de Mica*, su segunda novela, y *Tres mujeres solas*, un libro de relatos publicados en formato digital. Es periodista y escritora, aunque ella prefiere resumirlo de otra manera: «Mi mejor CV son mis amigos», dice su perfil de Twitter. Tiene un koala, anda siempre con revolucionarios buenos y cree que la poesía, el humor y el compromiso son formas esenciales de resistencia.

Biblioteca

PALOMA BRAVO

La piel de Mica

DEBOLS!LLO

Primera edición en Debolsillo: mayo, 2014

Printed in Spain – Impreso en España

ISBN: 978-84-9032-817-0 (vol. 906/2)
Depósito legal: B-6519-2014

Compuesto en Revertext, S. L.

Impreso en Novoprint
Sant Andreu de la Barca (Barcelona)

P 328170

A mis amigos en general.
A Domingo y a Manolo en particular.

Me llamo Micaela Salazar Beramendi.

Tengo treinta y ocho años. Soy mujer. Soy periodista.

He trabajado sobre todo en televisión y en internet. Por eso nunca digo «on line» y «off line» y no creo que el medio sea el mensaje: el mensaje «es» (o debe ser) en cualquier medio. El mensaje es la realidad; hay que contarla, hay que cambiarla.

En lo personal, soy hija, hermana y amiga. Tengo un ex marido y varios ex novios. No tengo hijos.

Hace seis días murió mi madre y ayer me despidieron.

Es la primera vez que estoy en paro.

Siempre he trabajado; me gusta. Me gusta hacer cosas y solucionar problemas; me gusta construir; no me gustan los vagos ni los cobardes; no me gustan los callejones sin salida.

Éste es el resumen más honesto de mi CV.

Y ahora, despacio, voy a actualizarlo y a embellecerlo, repasando mi vida, mis títulos, mis logros; repasando, sobre todo, mis errores, para no repetirlos y estrenar otros nuevos.

1

Principios

Podría inventarme algo aparatoso para decorar el CV, operarme las tetas con la indemnización, montarle un pollo a mi empresa (ex empresa) y hasta casarme con Miguel. También puedo, simplemente, contar la verdad y buscar trabajo.

Me llaman Mica, me llamo Micaela. Tengo dos hermanos: Jon y Pablo. Somos de Pamplona.

Ahora que el mundo está lleno de Tatianas, Martinas y Carlotas, lleno de mujeres polisílabas, no lo parece, pero cuando yo era pequeña tuve que dar muchas explicaciones sobre ese «Micaela», un nombre largo y extemporáneo.

Me inventé miles y nunca confesé la realidad.

A profesores y jefes, figuras de autoridad, siempre les convenció lo del homenaje a mi tatarabuela, Micaela Múgica, de Lekumberri, una de las mujeres de ojos grandes que construyeron la leyenda de sabiduría familiar que yo he destruido minuciosamente. Pero la verdad es que no, que mi bisabuela no tuvo nada que ver, que mis padres (los dos de Pamplona, mi madre con ganas, mi padre sin) se conocieron en Madrid con mucho en común (eran navarros y progres) y una enorme barrera ideológica: mi padre era de los Rolling Stones, mi madre de los Beatles, radicales ambos, tan dogmáticos e inflexibles en lo musical como tolerantes para todo lo demás.

Y pactaron, como sólo ellos sabían pactar: con amor y con humor.

A mi madre le tocó nombrar a los hijos varones, y se aprovechó del euskera y de la aproximación fonética con Jon, el mayor, que es pacífico como Lennon; y a Pablo, un par de años más tarde, lo parió y lo nombró como quiso, sin que McCartney pareciera demasiado afectado por la castellanización de su nombre y sin que mi hermano haya sentido nunca amor por las rubias y el vegetarianismo, que le pierden las morenas y el jamón.

Y entonces, cuando ya casi les tocaba un Ringo, nací yo. Micaela. En homenaje a Mick Jagger. Ya lo he soltado, y sin vergüenza. Porque mi nombre lo eligió mi padre, y mi padre...

Es que de mi padre no quiero hablar, me da igual que esto sea un CV, una entrevista de trabajo o un ejercicio de autoficción. Será un ejercicio huérfano. No quiero porque a mi padre le gustaba vivir de puntillas. Paz, amor y silencio. Y mucha satisfacción.

Por eso sólo quiero dar el dato, desnudo: mi padre murió cuando yo tenía catorce años.

No tuvimos que matar al padre, se nos murió.

Mis hermanos y yo pasamos varios años sentados alrededor de su ausencia, como indios alrededor de una fogata. Y es sólo una metáfora a medias, porque fumábamos como cosacos (de todo, incluso tabaco), y escuchábamos a Siniestro Total, y cantábamos a gritos «Tipi, dulce tipi» porque a mi padre le había gustado bailarla para nosotros, fingiendo que era el Gran Jefe, y que le respetábamos en vez de adorarlo.

Mis hermanos y yo gritábamos Manitú, invocando a mi padre, y como no venía, seguíamos fumando y nos dábamos a Kortatu, La Polla Records y Eskorbuto. Y seguía sin venir, y se había llevado nuestro futuro, así que nos quedamos en el pasado: no hay futuro, pero existe The Clash.

Tampoco me quiero hacer la guay. No éramos radicales ni conflictivos. Mis hermanos y yo éramos huérfanos y fumábamos y cantábamos porque no queríamos ver, que sólo veíamos huecos, y no queríamos oír, que sólo oíamos silencio. Fumábamos y cantábamos porque sólo queríamos recordar.

Y tampoco quiero hablar más de eso. La ausencia de mi padre es mi columna vertebral y así quiero conservarla: dentro, ocupándolo todo. Será enfermizo, pero al menos es.

Así que ésta es la historia de una huérfana con complejo de Electra que va de dura. Y con la etiqueta puesta, ya puedo seguir fingiendo que cuento la verdad, o contando la verdad aunque parezca mentira.

«El día que murió mi padre, follé por primera vez.»

Es una frase efectista, sí, y poco coherente después de decir que no quería hablar de mi padre ni ser etiquetada como huérfana. Pero supongo que tengo derecho a ser coherente con mi incoherencia.

Tenía catorce años y un novio, Javier (nada de Xavi, ni de Xabier, éste era de Ávila y no tenía idioma propio), que era diez años mayor que yo, muy protector, muy predecible, muy guapo (y con una Vespa roja que era el mejor atributo de un hombre casi sin atributos).

El muy pesado no quería metérmela. Valía todo, menos la penetración.

—¿Por qué?

—Porque no quiero hacerte daño, Mica —decía él, muy paternalista—. No quiero aprovecharme de ti, que eres una canija.

Una canija que quería alcanzar a sus hermanos. Mayores, desfogados, desvirgados, desvirgantes. Jon y Pablo brillaban en mi universo y yo los seguía, torpe, a trompicones, absolutamente deslumbrada.

Hasta que la muerte de mi padre nos igualó a todos. Y ya no era sólo eso, no, era que aquel día yo no lo estaba viviendo.

Y quería vivirlo; necesitaba sentir. Dolor, placer, algo. Algo extremo, a ser posible. Y entre un cuchillo y el sexo, parecía mejor lo segundo, aprovechando por primera vez, inconsciente y al mismo tiempo muy segura de mi oportunidad, el que a una huérfana no se le niega nada.

—Javi...

Javi no lo entendió, claro, pero lo hizo.

Y no dolió, ni ésa ni las siguientes veces.

Durante los doce meses posteriores tuve mucho sexo; con hombres, con chavales y con niños. Muy distintos: guapos y feos, con y sin moto, mayores y de mi edad, conocidos y extraños...

Daba igual.

Quería sentir y no sentía nada.

Follaba como loca y follaba como una loca.

Medio ida, sin decir ni una palabra.

A los tíos no les gustaba que no hablara, que no hablara nada; supongo que les parecía una ansiosa y una pirada, y no solían buscarme para repetir. No me hacía falta. Yo follaba y luego fumaba con mis hermanos, y cantaba, y escuchaba música, y leía, y, sobre todo, me escondía de mi madre.

Si no veía su dolor, no veía el mío.

—Eso es una reacción típica. Eros y Tánatos —me dijo una vez el psicoanalista, muy ufano y muy listo.

—Pues vale —le contesté como siempre.

Mi «vale» es herencia de mi padre. Él lo decía ante las obviedades, un «vale» irónico y pacífico; yo lo digo todo el rato y lo debería decir más y mejor.

Podíamos haber dicho «vale» también, pero a mi madre no le contestamos ni eso ni nada cuando un año después nos dijo que nos veníamos a Madrid. Mucho más tarde me contó que ya había perdido demasiado y que un día, en medio de la nube de humo que era el cuarto de Jon, intentando discernir si esas sombras eran sus hijos o sus fantasmas, decidió que tenía que sacarnos de su pasado y meternos de una patada en nuestro presente.

Nos instalamos unos meses con mi tío Peio, Pedro (si no lo nombro se me duele), y pronto pudimos dejarlo en su caótica paz de soltero: mi madre se buscó varios trabajos y ningún novio, y nosotros tres nos desperdigamos por institutos y universidades, cada uno en su edad y su microcosmos, y nos perdimos un poco la pista.

La pista cotidiana, quiero decir. Porque mis hermanos y yo compartimos tantos huecos, tantos juegos, tantas risas, tantos humos, que podemos olernos desde lejos. Cada uno en su mundo, con sus amigos, y los tres doliendo, iluminados por dentro. Siempre estamos cuando toca, pero procuramos que toque poco porque suele ser mala señal.

Voy a pasar rápido por los años de universidad. Todos sabemos que no cuesta demasiado sacar un título, ni sacar dos que son los que yo tengo: Periodismo y Ciencias Políticas. ¿Alguien da más? Vale. Hice dos cursos de Filosofía y Letras. ¿Más? Algo de teatro. ¿Y? Erasmus. Londres. Repetí ciudad en la London School of Economics. Con beca. Dos idiomas, tres, con el materno cuatro. ¿Más? Conferencias, seminarios, mucho viaje, mucho campamento de verano, mucho mundo. Una gran inversión en educación.

También leía. Todo. Demasiado. Y no salía. Y no reía. Y ya tampoco follaba. Nada. Mucha nada. Era una *nerd* cuando no estaba de moda serlo. Una adolescente solitaria. Y tenía la excusa de ser huérfana, pero, como no hablaba, no podía usarla para despertar empatía. Era yo y mi circunstancia. Yo y mi nada.

Cuando cumplí veinte me asusté.

Llevaba cinco años en Madrid y no había salido de casa. Pedí ayuda a mi madre, infatigable amiga de sus amigas, acreedora de favores que nunca reclamaba, y conseguí una beca para trabajar en una diminuta empresa periodística.

Lucho era un hombrecillo pelirrojo y delgado. El día que lo conocí llevaba una corbata *horribilis* de un color parecido al marrón, y una de esas camisas de manga corta que tanto irritan a los expertos en elegancia. Más de cincuenta tacos. Manos sudadas.

Porque, eso sí, yo le di la mano. Y él se empeñó en darme dos besos. Uno en cada extremo del labio, los dos un poco húmedos.

«Patético», pensé. Y aún no había visto nada.

—Llámame Lucho. Es que prefiero que me tengas confianza. Y Lucho es mi nombre de guerra. Porque yo he ido a la guerra, Micaela, pero eso te lo contaré otro día, que parece que presumo y yo no soy de presumir.

—(...)

—Y, además, Luis Ignacio, que es como me llama mi madre, me suena a marqués, y yo de marqués no tengo nada, que soy rojo de toda la vida, ya me ves: rojo y pelirrojo.

Y soltó una carcajada falsa y esforzada porque los tipos con camisa de manga corta se ríen de sus propios chistes. Aunque se rían solos.

Además, no había terminado:

—Pero hablando de nombres, espera... Mi-ca-e-la...

Lo pronunció despacito, deleitándose en cada sílaba (al menos las separó bien, con el hiato incluido). Y lo repitió. Como si yo no lo hubiera oído nunca, como si él fuera el hombre al que yo se lo quería escuchar toda la vida.

—Mi-ca-e-la. Eso sí que es un nombre, coño. El nombre perfecto para una mujer casi perfecta…

Y, guiñándome un ojo, volvió a dejar colgando las palabras. Si hubiera sido observador, mi falta absoluta de reacción le habría hecho callarse, pero no: Lucho quería soltarme el discurso completo y mi desinterés no le parecía relevante.

—Mira, te manda de becaria una tía legal, una gran amiga y compañera de fatigas…

Glups.

«Compañera de fatigas…» Los tópicos, los lugares comunes, las frases hechas sólo presagian pereza mental y/o simple estupidez.

«Mica, Mica, Mica…»

Yo a veces hablo sola. Especialmente cuando alguien (me) habla demasiado: entonces me repito mi nombre despacito, mientras me rodeo la muñeca izquierda (siempre la izquierda) con los dedos índice y pulgar de la derecha, y pienso en una tarde en el monte, con mi padre, mis hermanos, mi perro; en la luz, en la felicidad. Me la grabé en la memoria con una acupuntora: funciona como salida de emergencia, si alguien te ataca, vuelves a tu paz.

Y a mí me sirve porque, ya entonces, a los veinte, reconocía con rapidez lo que odio en los demás (ese parloteo incesante de Lucho, esa mediocridad tontorrona…) y también lo que menos me gusta de mí y más daño me hace (¡mi impaciencia!). Esa tarde de infancia me detiene a las puertas de la histeria.

Así que abrazada a mi muñeca conseguí que mi hostilidad callada se le apareciera a Lucho como atención y entrega, y que acabara su discurso sonriendo satisfecho.

«Venga, guapa, que te enseño tu sitio.» Y con un pellizco en la mejilla, Lucho dio por terminado su primer ataque y me llevó a una mesa vacía, entre la fotocopiadora y la fuente de agua.

—Te sientas aquí y ya te irán diciendo lo que quieren. —Y con un movimiento algo afectado abarcó vaga y regiamente el resto de la sala: una docena de personas encorvadas sobre sus ordenadores.

Ése era mi sitio, el sitio de la becaria. Ése era Lucho, mi primer jefe periodista («quiero ser periodista, quiero ser periodista, quiero ser periodista...», otro mantra que me había llevado a ese lugar privilegiado y que iba a tener que recordar). Ése era mi curro: sentarme, estar, esperar.

Esperar poco, porque Lucas se dio prisa.

Lucas fue mi primer rollo en el curro. Entonces yo no sabía que sería el primero de tantos (no es tan raro: muchas horas, muchos años, muchas ganas...). Da igual: me gustaba Lucas.

Yo tenía veinte años, ya lo he dicho, los ojos grandes y los brazos esqueléticos. Tenía, también, mucha ansiedad: por cambiar el mundo, por enamorarme, por enamorar. O sea, era una adolescente intensa (como todas) y bastante predecible (como todas también): como leía, sabía escribir; y como sabía escribir, pretendía ser periodista; y como pretendía ser periodista, había peleado para conseguir esa beca que me había deparado un puesto junto a la fotocopiadora.

Un puesto en el que estaba pero no era.

Hasta que una de las doce cabezas de la pradera central de la oficina se volvió hacia mí y me sonrió. Era Lucas. Tenía el pelo largo, gafas redonditas al estilo de John Lennon y una sonrisa inmensa y limpia, una sonrisa como una casa.

—Ven.

No lo dijo en voz alta, sólo lo vocalizó, gesticulando a la vez de una forma tan exagerada y tan cómica que era imposible no sonreírle de vuelta.

Me acerqué. Lucas encontró una silla libre y la arrastró junto a la suya, dando una palmada en el asiento para que yo me sentara. Y me senté, claro, más obediente que una foca amaestrada con la única persona que en toda la mañana, mi primera mañana de trabajo, había reconocido mi existencia.

—Soy Lucas. Soy el director de arte. Aunque en realidad pinto. Quiero decir que, en realidad, soy pintor y trabajo aquí para pagar el alquiler y los lienzos. Bueno, como todos, supongo. ¿Y tú quién eres?

—La becaria.

—Ya, hombre, pero serás algo más. ¿Cómo te llamas? ¿Qué haces? ¿Qué quieres? ¿Qué buscas? ¿Qué encuentras...?

Me gustaba Lucas, ya lo he dicho, me gustó desde el principio. Me gustaban sus gafas, su flequillo y su sonrisa. Me gustaba que le interesaran mis respuestas. Así que empecé a contestar...

—Me llamo Micaela. Estoy acabando periodismo. Yo quiero escribir, pero no para ser escritora, sino para contarle a la gente la realidad y no lo que cuentan los medios, que, como dice mi hermano Pablo, casi siempre es ficción interesada.

—O sea, que tú lo que quieres es cambiar el mundo. Anda, vente a comer, que necesitas alimentarte primero.

Y Lucas me cogió del brazo y me invitó a la primera hamburguesa en cinco años de vegetarianismo casi estricto.

—Hacemos un pacto, ¿vale, Mica? ¿Te puedo llamar Mica?

—Sí.

—Yo te cuento quién es quién en este microcosmos, y tú te acuerdas de mí cuando te vayas. Porque tú te vas a ir y yo me quedaré aquí contándole cada año a la nueva becaria que soy pintor, cada vez más viejo y más necesitado. Te lo imaginas, ¿no? ¿A que empatizas y sientes ya un poco de piedad anticipada…?

Esa primera tarde, después de comer, Lucas me consiguió un ordenador, me conectó a una red que entonces parecía mágica, y me dejó sola, otra vez, en mi mesa junto a la fotocopiadora. «No hables a nadie si no te hablan primero: es una prueba de resistencia. Algunos de los personajes que ves aquí, periodistas como tú, llevan más tiempo en su silla que los grandes dictadores del siglo XX. No han hecho nada, no han escrito nada, no han cambiado nada. No saben y no pueden. Sólo sobreviven y cobran su nómina. Y, por el camino, se comen a alguna becaria.»

Lucas quería prevenirme, pero me encorvé —yo también— sobre mi ordenador, y desaparecí en mi mundo hasta que oscureció y Lucho saltó a mi lado: «Vete a casa, Micaela, bonita, que ya has trabajado bastante. ¿Te acerco?».

—No, muchas gracias.

Lucho acabó dándome asco, pero aquel primer día sobre todo me dio pena. Por eso, al irme a dormir, hice propósito de enmienda: «Me sacudo el escepticismo de Lucas, ignoro al tontorrón de mi jefe y mañana no me callo: entro, pido algo que hacer, me integro, aprendo, me convierto en periodista…».

INÉS – virgen y mártir. Habla francés, inglés y alemán.	RAQUEL – mediocre y ambiciosa. Ladra, desprecia, vuelve a ladrar.
ANDRÉS – quiere morir. Te ayudará en lo que le pidas. No le pidas nada.	ENRIQUE – hace de todo. Cuando y como quiere.
LUIS – es motero, en todos los sentidos. Se irá.	LUCAS – le gustan las mujeres de ojos grandes. No te fíes de él.
DAVID – tiene dos ex mujeres. Aún le quedan ocho para llegar a su límite.	ELENA – es una experta. Una experta en envidia.
PATRICIA – querría ser nuestra madre. Nos odia a todos.	ROSA – está enamorada de Lucho. Por lo tanto, está enferma.
RICARDO – el vago oficial de la oficina. Sus chistes ni siquiera son buenos.	RAFAEL – lo peor de lo peor de lo peor de lo peor de lo peor…

Éste es el papel que me dio Lucas. Lo escondí. Y, para compensar, me enamoré de él un poquito.

Redactar el CV, repasar tu vida, es un deporte de riesgo: caída libre por la nostalgia, la culpa y el arrepentimiento. Pero yo tengo red, redes, como Manu. Me vigila esta tarde para hacer balance de mi naufragio y recomponer, como pueda, a su amiga la pupas, la mujer que se tropezaba con las puertas, los jefes y los hombres. La huérfana desempleada que se aloja en casa de su ex.

—Lo de Lucas no me lo habías contado —protesta leyendo por encima de mi hombro—. ¿Pero tú a cuántos tíos te has tirado? ¿Te lo tiraste ese primer día?

Manu, y esto le va a molestar, tiene un punto morboso. Igual es porque es un crack del Excel y para él lo primero son los números: tantos hombres, a tantos polvos de media, es igual a… «¡A nada!», le regaño.

Es lo del Excel y que lleva un montón de años casado (casado felizmente; felizmente para él, para Marta y para todos los que les queremos). Pero también es, sin más, que a Manu le gustan los detalles escabrosos.

—Mica, ya te vale, desde el primer trabajo… Tía, donde tengas la olla no metas la polla…

—Donde tengas la placa no metas la estaca.

—Si al final vas a tener talento de escritora, que haces rimas y todo… Anda, cuéntame tu vida mientras yo cuento tus polvos…

Me hace gracia que Manu piense que follo y siempre he follado todo lo que quiero y un poco más. Ojalá. Ya me gustaría. Ya me hubiera gustado.

—Lucas y Lucho… o sea, que tú eres de las que sólo hablan con tíos, ¿no? Toma, te invito al desayuno, para que no digas que las mujeres no somos amables.

La voz de Rosa era muy desagradable, casi tanto como el olor del café que derramó en mi mesa con violencia ese segundo día de trabajo, una ofrenda a su mala hostia. Cualquiera le decía, encima, que yo no tomo café, que soy insomne y taquicárdica desde pequeña. Además, se me había adelantado en mi intento de integración; hiciera yo lo que hiciera, ella había marcado territorio, posesiva y vigilante, y me había dejado un espacio mínimo para reaccionar, para reaccionarle.

Me sentí acorralada, me cabreé, mordí.

—Sí que hablo con mujeres. Lo que no hago es tomar café, que me pongo muy nerviosa, pero es un detallazo —contesté mirándola desde abajo, con mi sonrisa más inocente y menos creíble y un poco del acento pijo que puedo rescatar a voluntad de algún rincón de mi infancia y que estaba segura de que la irritaría.

—Muy bien, rica. Yo lo que no hago es hablar con niñatas.

Y Rosa se dio la vuelta hacia su mesa mientras las cabecitas de la pradera observaban con un placer morboso el desembarco de su corpulento mal humor.

Pronto me di cuenta de mi error. Rosa era la jefa de la oficina. Una jefa oficiosa pero letal. Nunca supe si —como decía Lucas— estaba enamorada de Lucho. De hecho, creo que no, que a Lucho lo despreciaba como a todos los demás, pero lo necesitaba porque era manipulable y Rosa era como un Stalin de andar por casa: abandonadas su ambición, su belleza y su vida, hacía y deshacía carreras profesionales y vitales, gestionaba amistades y enemistades, y, como actividad principal, controlaba el ambiente emocional de esa pradera mediocre.

Rosa era grande, aparatosa y callada.

Todas las mañanas, cuando llegaba al trabajo media hora más tarde que los demás, Lucho se acercaba a ella y le daba un beso en la mejilla. «*My English Rose…*», y Rosa apartaba la cara con un desdén impostado y gruñía satisfecha. Entonces Lucho abría su despacho, cogía una jarra de agua y se acercaba hasta la fuente parándose en mi mesa. «Mi Rosa y mi becaria, mis dos alegrías del día. ¿Qué aprendiste ayer, Micaela? ¿Qué te vamos a enseñar hoy? Dame un beso, anda, Mica…»

Todo esto, y no es broma, ocurría cada día exactamente a la misma hora, exactamente de la misma manera, como en una representación teatral repetida mil veces y perfectamente coreografiada, como en una interminable broma de mal gusto, como en un delirio.

Yo no contestaba, ni le daba un beso, ni… Ni tampoco podía escupirle o darle un manotazo cuando él, resignado ya a mi carácter arisco, me acariciaba el lóbulo de la oreja entre dos dedos resbaladizos y viscosos. No me sentía acosada ni halagada, no. Sólo me daba pena y un poco de asco que esa empresa, aparentemente progre, aparentemente rentable, aparentemente moderna, estuviera en manos de un tipo así. Pero me faltaba experiencia, contexto y mundo para saber escabullirme de él, así que volvía a mi promesa: iba a trabajar, iba a aprender, iba a entender ese mundo pequeñito y minúsculo, y luego iba a cambiar el otro mundo, el grande, el de las mayúsculas.

Tapiada mi ventana con Rosa, ese segundo día fui a hablar uno por uno con todos los ocupantes de la pradera. «Hola, soy Micaela y, bueno, ya lo sabes, pero voy a estar aquí unos meses… ¿En qué puedo ayudarte?»

Soy cabezota, puedo parecer dulce (o podía), y no me rindo fácilmente.

En un par de días, al menos cuatro de los ciudadanos del país de la mediocridad habían descubierto que soltarme el trabajo que ellos desdeñaban reportaba enormes ventajas: tenían más tiempo para no hacer nada, enseñaban lo dura que es la vida a una niña pija, quedaban bien con Lucho demostrando que su becaria era una necesidad empresarial y no un capricho personal… El único problema —la animadversión de Rosa— lo salvaban con facilidad: «Le he soltado un marrón a la niñata, Rose».

Cierto. Pero no eran marrones, eran, simplemente, cosas aburridas: corregir pruebas, traducir textos, acortar artículos, comprobar hechos… Un trabajo más mecánico de lo que yo preveía y también, en el fondo, mucho menos exasperante que la vida de oficinista escaqueado que se estilaba por allí. Me enseñaron rapidez y eficacia: aún hoy soy la cortadora de textos más veloz del planeta, y me sobran caracteres en Twitter para regalar a cursis e incontinentes verbales.

Y de premio estaba Lucas.

A mediodía, de lunes a jueves, me escapaba con él.

—Se enfadará Rosa contigo si me hablas...

—No, Mica, se enfadará contigo, que eres mujer y tienes veinte años.

Para Lucas era todo fácil o, al menos, estaba claro. Él tenía cuarenta tacos, un niño de cuatro y una ex mujer. También tenía una moto y un gato. «Yo sé que te vas a ir, pero, mientras estés, aprovecho y te chupo la juventud, que a ti te sobra.»

Al tercer día, ya no fuimos a comer, sino a su casa. En su moto, a su cama, con su gato.

Me encantaría decir que me enamoré de Lucas, que le admiraba, que fue una pasión brutal y definitoria. Pero no. Lucas y yo nos cuidamos durante un tiempo, nos quisimos bien, nos acostamos mejor, nos sonreímos de maravilla, y ya.

Él no quería a nadie en su vida y yo lo quería todo en la mía.

Lo que sí hice fue aprender: Lucas, por ejemplo, me enseñó a estar desnuda, a apreciar el silencio y a respetar mis ritmos.

En las dos horas libres del almuerzo, huíamos en su moto y mezclábamos el sexo y la comida, Lucas pintaba un poco, yo leía, dormíamos unos minutos y volvíamos a la redacción, como si nada.

Rosa, previsible, había dejado de hablar con Lucas y me ofreció otra oportunidad.

—Micaela, tú y yo no nos caemos bien, eres mayor de edad y es tu vida, pero…

Había aprendido lo suficiente en esos primeros días para guardarme la primera reacción, así que la escuché con una paciencia perversa, porque, ya puestos, me divertía conseguir que lo dijera todo.

—Mira, Micaela, no es fácil lo que te voy a decir, pero tú sabes que soy sincera y yo sé que tú eres lo bastante lista para apreciar la honestidad. Lucas se lía con todas las becarias, una detrás de otra. Tú no eres peor que las anteriores, pero tampoco mejor. No eres ni siquiera distinta. Lo he visto demasiadas veces como para no advertirte del final: te va a hacer daño y creo que no lo necesitas.

Bajé la cabeza por vergüenza ajena y seguí a lo mío.

Porque yo ya había encontrado mi rutina: llegaba a aquella redacción, que no era más que una oficina vulgar, y tenía pilas y pilas de textos por corregir. Me aislaba y los iba resolviendo. Todos. Nunca me fui a casa sin terminar, nunca dejando algo para el día siguiente. Y eso que en las doce horas nocturnas los montones se multiplicaban sin demasiado control: en aquella fábrica de publicaciones comerciales que los clientes pagaban alegres porque nadie las leía pero quedaba bien tenerlas, se había establecido una carrera entre mis compañeros (perdón, mis maestros) y yo: ellos sacaban trabajo de las piedras para ponerme a prueba y yo, en silencio, sin protestar, les demostraba que se podía completar.

Hasta que se dieron cuenta, no sé si solos o con la ayuda

de Rosa, de que aquella competición lo único que ponía en evidencia, lógicamente, era su propia incompetencia.

—Te estás metiendo en un lío, Mica —me decía Lucas—. Cuanto más curras, más demuestras que ellos no. Cuanto más trabajas, más prescindibles son. Yo sé que lo haces porque te aburres, ellos pronto empezarán a creer que lo haces porque quieres sus puestos.

—¿Cómo van a pensar eso? Prefiero poner copas toda la vida que vegetar en esta empresa. Yo estoy aquí de paso.

—Hombre, gracias.

—Bueno, tú eres pintor, Lucas.

—Ya…

Manu sigue en Lucas.

—¿Y a los veinte no es medio raro tirarse a uno de cuarenta?

—No sé si es raro, pero en la cama era increíble.

Lo digo para ponerle nervioso, porque en realidad recuerdo ternura y no excelencia, pero me gusta chinchar a Manu. Manu es paciente y sabio, y en él tengo delegado todo mi sentido común. Pero ése es Manu en horario laborable, y también el Manu que se frena delante de Marta. En cambio, cuando estamos solos o con Diego, alguna noche de celebración y sinceridad extremas, le sale su lado hardcore, *más bruto, más auténtico y más libre, y hablamos mucho de sexo. Mis amigos entienden bien sus almas y sus cuerpos, y se ponen en mi lugar y, a la vez, en el de los tíos con los que me acuesto, y me quieren y me respetan muchísimo más que mi yo autodestructivo y seco.*

Manu cree que, de todos modos, me podía inventar una vida intensa, dramática y apasionante. «Sí, Mica, una llena de tíos a los que te has tirado y jefes a los que has abandonado.» Puede ser. Y puede, también, que yo no recuerde bien cómo era Lucas en la cama porque desde que tuvimos el accidente no volvimos a follar.

—¿Cómo te llamas? ¿Dónde estás?

Las preguntas tontas las hacía un médico con cara de listo. Me sabía las respuestas.

—Micaela.

—(...)

—Hospital.

—(...)

—Qué preguntas tan ridículas y tan obvias haces, ¿no?

Y, con esa frase y antes de verla, oí (u olí) el suspiro de alivio de mi madre. Y sus lágrimas.

—¿Lo ve, doctor? Que no le pasa nada, que tiene el cerebro intacto. Igual de borde que antes.

Pero el doctor no la escuchaba. «¿O sea que te llamas Micaela? ¿Y por qué estás aquí, Micaela?»

—La moto, supongo. ¿Y Lucas?

—Si Lucas es el tipo que iba contigo, debe de estar en su casa. A él no le pasó nada. A ti te pasó todo. O todo te pasó a ti. Entiéndelo como quieras.

Y el doctor con cara de listo tuvo el buen criterio de llevarse a mi madre y dejarme sola para hacer recuento. Recuerdo que lo primero que hice fue mover los dedos despacito: con las yemas recorrí los brazos y las piernas, buscando cicatrices, pero no había. Me toqué el pelo: mucho más corto que en mi época más punk, y ahí sí, por encima de la oreja derecha, noté un enorme costurón.

«Bueno... —pensé—, ellos lo llaman todo, pero en realidad no es nada.»

Había estado dos semanas en el hospital, sin estar: en coma, dormida y dramática, aparatosa, vaya. Me contaron que la moto resbaló y Lucas cayó sobre mí, que mi casco se abrió y que también se abrió mi cerebro.

—¿Se escapó algo?

—Ay, Mica, no seas desagradable... —Mi madre me apretó la mano y, por muchas burradas que intenté decir para espantarla, no me la soltó en varios años.

Y yo, a cambio, no se la solté al coma. Me quedé viviendo allí, dentro de mi propia muerte, alucinada y absorta, completamente entregada al otro lado. Buscando a mi padre, supongo; o buscando, simplemente, la comodidad de no buscar. Porque los resucitados son como los huérfanos: llevan la excusa puesta.

Me han preguntado tantas veces si vi la luz que tengo todo tipo de respuestas y ninguna es la verdad. Estuve en coma, me sedaron y entré en otra galaxia. Sería la luz, serían las drogas. Molaba y no me gustó volver.

Pero no quería que se notara, así que pasé otras dos semanas entre médicos, volví a casa y estuve un tiempo sin salir, poniendo cara de resucitada extática a las visitas y fingiendo que me miraba hacia dentro y que entendía lo que veía.

Pablo y Jon vinieron, me tocaron, se metieron conmigo, me hicieron reír, me liaron porros para un año, y volvieron a sus mundos. Vivían los dos en el extranjero, creciendo sin accidentes ni cicatrices visibles. Pablo fue el último en llegar: «Mica, tía, tampoco hace falta tanto efectismo. Lo del novio con moto es un topicazo, pero ten cuidadito y evita el coma, joder».

Cuando se fueron mis hermanos y me creció un poco el pelo, ya con la cicatriz tapada, reconocí mi aburrimiento y volví al trabajo.

Volví y sólo duré diez minutos.

El tiempo justo para entrar, dejarme abrazar por Lucas y observar mi mesa ocupada por otra chica de mi edad.

—Es la nueva becaria.

Me lo sopló Lucas, que no dejaba de besarme y de tocarme las costillas, como si me las contara. O contándomelas sin el «como».

—¿Por qué? Si la becaria soy yo.

—No, Mica, tú eres la zombi.

—¿Qué dices?

Lucas me llevó a una esquina y me lo explicó.

Resulta que en esta empresa no tenían la costumbre de asegurar a los becarios, y que yo había tenido un accidente de camino al curro, y eso era un tremendo lío o un bonito escándalo, según lo contara mi abogado o ese periódico que no era tan progre pero sí más sensacionalista y con más ganas. Así que decidieron que nunca me habían contratado, porque además yo no iba a salir del coma, y si salía mi cerebro se iba a quedar dentro, drogado e incapaz de una demanda.

Estuve fuera nueve semanas; en la tercera, Lucho me sustituyó.

—Vale. Voy a hablar con él.

—Déjalo, Mica, que no merece la pena.

Entré en el despacho de Lucho y quiso besarme: «Mica, ¡eres un milagro! Joder, qué visita tan maravillosa».

—¿Visita? Pero si vengo a trabajar.

—(...)

—¿Qué?

—(...)

—Bah, machote, corresponsal de guerra, compañero de fatigas: dímelo a la cara. Dime que me has echado mientras estaba de baja y sólo porque estaba de baja. Venga, rojo pelirrojo, dime que ya no trabajo aquí.

—Mica, no lo hagas más difícil.

—Difícil o no, yo al menos lo hago, eres tú el que no hace nada, el que por no hacer ni siquiera da la cara. ¡Y no me toques!

Me aparté de su mano tendida, de su intento de rozarme la mejilla, la ropa, algo, y, por fin, él bajó la cabeza.

—Mica... no sé qué decirte.

Y salí.

—Con ganas de tocar los cojones, parece —me dijo Lucas.

—Con ganas de trabajar, coño, Lucas. Podías estar de mi parte...

Casi veinte años después, el tipo que me selló un papel que decía que nunca había trabajado en esa empresa es, precisamente, Ricardo, mi último jefe, el mismo que, desmemoriado pero constante en su estulticia, me pidió que no pensara y luego dejó que me despidieran.

Pero eso es otra historia, o la misma, la de un mundo en

el que siguen gobernando los rancios. Y digo los rancios porque esto no va de feminismo y de denuncia, va de que últimamente sobreviven los corchos, los que no sienten ni padecen, los que flotan, satisfechos, vagos, orondos; va de que así estamos y de que aquí, así, no podemos quedarnos.

—Te estás poniendo militante, Mica —me regaña Manu—. En ese plan nadie te va a dar trabajo.

—No, no; me estoy poniendo como soy y como eres tú también: activista. Mi empresa estaba gestionada como los gobiernos, castigando la iniciativa y premiando la nada, haciendo la vista gorda a la negligencia y el dispendio, recortando y no creando…

2

Extranjeros

Mi madre probó primero con la terapia doméstica. Un cursito de esos para pijoprogres, para adolescentes burgueses, para solitarios de buena familia. O sea, una Escuela de Escritores, así, con todas las ínfulas de un nombre romántico y hueco.

El accidente me había dejado sin curro, rapada, comatosa y deprimida, y yo estaba empeñada en conservar mi infelicidad, en proclamarla al mundo, sin reconocerle ni una sola virtud a la vida.

—¿Y quién te ha dicho que quiero escribir, mamá?

—Tú, desde pequeña, Mica.

—Pues te mentí. Y también te ha mentido el que diga que se aprende algo en esos cursillos para pijos raros.

Y entonces mi madre se hartó, como hacía de vez en cuando con dos tipos de gente: los estúpidos y su hija.

—Mira, Mica, así sales de casa y te oxigenas, que yo también estoy cansada de tu tristeza, y preocupada porque no sé si se te quedó el alma en el asfalto o se fue con tu padre.

—(...)

—Tienes que vivir y dejarte de excusas. Tus hermanos lo han hecho, y yo también. Y tú eres más que nosotros cuando quieres.

—(...)

—¿Lo entiendes, Mica? ¿Me entiendes tú a mí?

Ésa es la mayor virtud de mi madre: que cuando no puede más, dice la verdad, toda la verdad y nada más que la verdad. Así que empecé a ir a la escuela cargada de culpa y de vergüenza por dentro; de escepticismo y de ira por fuera.

No me gustaba el mundo y no me gustaba yo. No me iba a gustar la escuela.

Éramos quince alumnos en clase. Doce solitarios con pretensiones, un guionista excepcional, un bruto adorable (Manu) y una zombi (yo).

Y tres profesores: relato, filosofía y técnica. Los profes eran escritores de medio pelo, escritores que habían pasado de jóvenes promesas a medianas realidades, escritores de una o ninguna novela que nos cobraban por... por... ¿Por qué nos cobraban? Pues porque nos dejábamos.

Es verdad que esas escuelas no prometen convertirte en escritor (ni en persona); es verdad que a escribir no se enseña, es verdad que son un imán de bichos raros y, sobre todo, es verdad que todo eso da igual.

Es un sitio donde ir cuando se te han agotado los demás y lo puedes pagar.

Yo sólo estuve un par de meses, y me quedé con Manu, el chaval de las pestañas largas que se había sentado a mi lado.

—¿Y tú por qué estás tan flaca? ¿Eres anoréxica?

—¿Y tú por qué haces preguntas tan idiotas? ¿Eres imbécil?

Así nos conocimos, tal y como somos: Manu transparente y yo rasposa. Nos habíamos sentado juntos y, de repente, nos encontramos compartiendo un intenso desconcierto mientras algunos de nuestros compañeros de clase declaraban que ellos estaban allí para ser grandes, para cambiar la historia de la literatura.

—¿Y por qué no dejas que la literatura te cambie a ti? —oí desde la fila del guionista (se llama Hugo y aún somos amigos, pero resulta complicado quedar con un genio que vive en Los Ángeles y ha hecho valer su optimismo y su talento).

No es fácil en estas escuelas pseudoartísticas llenar las horas lectivas de inanidad y apariencia, y dejar hablar a los alumnos es la forma más práctica de ocupar el vacío. Así, presentándonos ante el grupo ese primer día, Manu y yo compartimos también un ataque de sensatez:

—Yo me llamo Manu, y no quiero ser escritor. Lo digo en serio, no me miréis así. Estoy aquí porque mi padre es periodista y él quiere que me interese la literatura, pero no, a mí me interesa la vida. Y hasta eso ha sonado demasiado importante: lo que me interesa de verdad es pasarlo bien, que para eso tengo veinte años.

—Yo… me llamo Micaela. Y tampoco quiero ser escritora, como mucho quiero escribir para mí. Pero me pasa como a Manu: mi madre me ha regalado este curso pensando que me va a hacer feliz, y yo creo que no voy a ser feliz nunca.

No sé si yo era la más *freakie*, pero casi seguro era la más intensa: yo no quería ser feliz, quería estar muerta.

Menos mal que se me fue pasando.

Manu también está harto de la necrofilia, y eso que presume mucho de mi vida de culebrón efectista, de huérfana y accidentada constante. Pero ahora, en casa de Miguel, mientras me ayuda a repasar y embellecer mi CV, tiene una duda mucho más acuciante:

—Dime una cosa: ¿tú y yo por qué no nos hemos acostado nunca?

En realidad, esa pregunta me la hace varias veces al año, siempre que nos vamos de cena con Diego, como tres chicazos, y acabamos muertos de risa ante mi único y miserable gintonic (yo bebo uno en el tiempo en que ellos agotan cinco o seis, pero el efecto es igual: quedamos los tres noqueados y sinceros).

El caso es que la pregunta de Manu no tiene respuesta. Y menos una de esas respuestas tópicas: «Nos queremos demasiado». Manu y yo nos queremos mucho, incluso todo, pero no demasiado.

—¿Pero tú dirías que hemos tenido tensión sexual, Mica? Porque a mí, menos en tus épocas de flaqueza extrema, siempre me ha parecido que estabas bastante, bastante buena…

—¿Y eso es tensión sexual?

—No, es sólo un dato.

Manu, como yo, está a punto de cumplir los cuarenta y siempre ha estado cerca, haciéndome reír hasta cuando sólo podía llorar. Y ahora, viéndolo en perspectiva, creo en realidad que nunca me he acostado con ninguno de mis dos grandes amigos porque no hemos tenido la desgracia de enamorarnos, sino la suerte de encontrarnos y la sabiduría de querernos.

—Eso es una cursilada.

—Que no, piénsalo. Piensa en Diego, que es el retrato robot de mi hombre ideal. Física, política y hasta literariamente. Y nada: sólo amigos.

—¿Qué tiene eso que ver, Mica, tú que eres tan viajada y tan follada, con que no nos hayamos acostado o no te hayas acostado con Diego? ¿Qué tiene que ver el sexo con el amor?

—Casi nada.

—Aparte, Diego está siempre de viaje. Ya va siendo hora de que reconozcas que tu mejor amigo soy yo y que Diego es sólo un figurante.

Desde los catorce años, y tenía ya más de veinte, yo no había tenido amigos ni un ocio convencional. Polvos y poco más. Lucas me devolvió la piel, Manu la risa. Y la edad y la vida me fueron regenerando las ganas.

A Manu, por ejemplo, siempre le pareció buena señal que yo me hubiera salvado en el accidente en que murió mi padre, y en la moto de Lucas. «Eres un gato, Mica. A ti no te mata nadie, así que espabila y vive porque puedes vivir mucho más que los demás. Tú puedes vivir sin miedo.»

Me costó creerle, pero le creí. Manu, en esa época de ausencia de mis hermanos, fue la ventana por la que yo empecé a asomarme a la vida, y mi madre, en cambio, el espejo de mi angustia: si yo me dejaba caer en la depresión, la devolvía a un sitio en el que no podíamos permitirnos que estuviera.

El sitio de mi padre. El sitio de su ausencia.

Yo aún quería seguir sufriendo, más por pereza y hábito que por convicción, pero no era tan egoísta como para querer que mi madre fuera mi doliente testigo. Así que se me ocurrió que quizá, sólo quizá, si sufría lejos, podría sufrir en paz.

A mi madre le pareció perfecto y sólo había un destino

posible: Londres, claro. Siempre quise y siempre querré vivir en Londres. Desde que mi padre me llevó con ocho años, dejando a Jon y Pablo en casa.

Flipé. Londres es elegante, generosa, exigente, enorme… y no se toma en serio a sí misma. Londres era como mi padre.

Yo conseguí una semibeca, mi madre un crédito completo.

Igual un CV no es el sitio para ser totalmente honesto, pero tampoco mi curso de Londres era de esos que garantizan la formación de los futuros gobernantes del planeta. De la London School of Economics, que queda estupendo escrito, pero pequeñito y facilón, poco más que una excusa perfecta para que yo me reinventara y volviera a ser yo misma, o la mejor versión de mí: «Alegre, inteligente y empeñadita», en definición de mi madre. «Fumada tienes tu punto», en definición de mis hermanos.

Funcionó.

Ella sabía que iba a funcionar. Porque mi madre huele, olía, perdón, la felicidad y la tristeza. Así que tampoco tuve que renunciar a mi orgullo y confesarle que había acertado, ella lo sabía, como lo sabía casi todo. Me llamaba por teléfono y mis monosílabos eran oficialmente los mismos que en Madrid: «Bien», «sí», «no». Pero cambiaba el tono, la sonrisa y la piel.

Sobre todo la piel.

—*It is not brown, it's olive. Better than olive. Silky, sweet and beautiful.*

A Andreas le gustaba mi piel. A Mike le gustaban mis ojos: «*Big, brown, sad eyes. Just like Bambi's*». Y, sí, para mi pasmo y mi aguda alarma anticursilería empezó a llamarme Bambi. Sólo que a un noruego rubio, alto y dulce se le perdona todo. Y, además, era un noruego inconformista y tarareaba a The Pogues («A pair of brown eyes»), que habían demostrado que la dulzura también podía ser punkie, sufriente y reivindicativa, y que la música podía cambiar el mundo.

En clase y fuera de clase, Andreas y Mike me devolvieron mi cuerpo y mi sonrisa. Andreas sin tocarme y Mike tocándolo todo. Andreas y Mike eran hermanos, universitarios y amigos. Y cada uno quería a su manera.

Al principio, me dio pereza todo el lío, el lío de tener un lío. Y de entenderlo. Recuerdo los mensajes de Manu, muy cortos, muy certeros, interrogantes e incómodos: «¿Te estás tirando a los dos a la vez?». «¿Eliges o qué?» «¿A cuál de los dos noruegos vas a helarle el corazón?»

Y yo no le contestaba porque no sabía las respuestas y, cada vez más alegremente, tampoco hacía ningún esfuerzo por averiguarlas.

Tengo excusa: no elegí yo, eligió mi cuerpo; no mentí yo, mintió mi imaginación. A Andreas llegué a decirle que era virgen y católica, casi mártir. «*You know... Spain is mainly a Catholic country.*» Luego le tuve que contar que había sido una broma. Luego, digo, cuando ya llevaba semanas haciendo el amor con su hermano. Porque de Mike no estaba enamorada, pero hacíamos el amor. Y él no estaba enamorado de mí, sino de mi tristeza.

Y mi tristeza no era yo. Y cada vez estaba más lejos.

A estas alturas de mi vida y le sigo dando vueltas, y protestándole a Manu como si él tuviera la culpa. «Que yo no soy una tía triste, a veces parezco seria, pero no soy triste.» La teoría de Manu es que los tíos son muy básicos: una mujer delgada y de ojos grandes es una invitación al caballero andante, salvador de princesas melancólicas, «déjame que te rescate, pero no seas feliz que entonces no tiene gracia».

—Igual es ésa la historia de mi vida —le digo a Manu—. A un lado los hombres que me han querido salvar de mi tristeza; en medio los que jamás me han hecho caso, y al otro los que se excitan con mi bordería.

—O tu inteligencia.

—Bordería, Manu. La inteligencia, si la tengo, no la ven.

—En realidad, Mica, a mí siempre me has hecho reír. No eres triste, eres graciosa. Y muy pesada, eso sí.

Manu se para, desvía la vista un segundo, duda, y se decide: «La historia de tu vida, Mica, debería ser la de los hombres a los que tú has querido, y no la de los que te han querido a ti».

Y me hace pensar porque eso, precisamente, es lo que desde la frialdad y la razón, sin sonreírme, me decía mi psicoanalista: que yo siempre quería a los hombres que decían quererme, que elegía a los que me habían elegido; anulando mi criterio por el puro agradecimiento de haber sido elegida.

Manu no está demasiado conforme con esta explicación intensa y fatalista: «Mica, no tengas morro, eres mucho más sana y mucho más espontánea que todo eso».

—Y más insegura: sólo me atrevo a querer a los que me han dicho que me quieren.

—¿A los que te quieren o a los que han dicho que te quieren?

—A los que lo han dicho.

—Pues no es lo mismo.

Mis conversaciones con Manu son tan frecuentes que vamos rápido y analizamos poco. Mejor, por un lado. Diego, el tercer ángulo de este triángulo mágico, viaja más, y cuando nos vemos me encuentro contándole las cosas no como pasaron, sino como las recuerdo. Y no me gusta.

A él no le importa. Es un fanático de la autoficción y de Larry David. Y yo, pero es que lo que hace Larry en Curb your enthusiasm *es mágico: usa su nombre y se ríe de sí mismo para decir lo que le da la gana. Lo que triunfa es mérito suyo, lo que hiere es culpa de su personaje.*

Tampoco es igual la «autoficción» en el arte que en la vida o en la memoria. No es lo mismo la (buena) literatura que esa gente que cuenta la historia de su vida parándose siempre en las anécdotas que ha depurado y embellecido para enseñar su único lado digno.

Yo paso.

Con Manu y con Diego no cuento, soy. Con el resto del mundo, no cuento, parezco.

Y entonces me etiquetan, como hacemos todos, como nos hacen a todos: huérfana, triste, intensa (en el campo semántico del dolor y la pena); inteligente, soberbia, indómita (en el campo semántico del trabajo y la envidia); tierna, entregada, exigente (en el campo semántico del amor y el abandono).

Por eso, casi preventivamente y aunque no era muy consciente, a los veinte empecé a luchar contra mi propia tristeza etiquetada, o mi etiqueta entristecida. Y acabé por tirarme a los dos.

A Andreas y a Mike, claro.

O, más bien, pasamos toda una noche juntos, los tres, fumando en su apartamento, tocándonos en su cama, queriéndonos en su salón.

Creo que esa noche fue una de las más felices de mi vida, así, tal y como se dio, irrepetible y única.

Pasó. Una vez. Como un milagro. No volvimos a acariciarnos ninguno de los tres. Del todo a la nada. Habíamos llegado hasta arriba, se acababa el curso, se asomaba el verano, tocaba cambiar de escenario.

Y, encima, apareció Miguel.

Pero eso fue dos días después.

Primero habíamos recogido el título. El curso que hicimos ya no existe. «Filosofía artística y política económica.» Nueve meses estudiando la forma en que el arte y la creación podían aplicarse a la economía, ayudarla a crear para construir una sociedad más democrática y más justa.

Supongo que el que no exista es un signo de los tiempos,

parte de ese «balance provisional de la catástrofe». Ahora todo el mundo habla, grita, se queja, y casi nadie propone, inventa, crea. En un mundo sobreinformado, estamos paralizados por la crisis, el estupor y el miedo.

O parados, como yo.

Pero no quería contar eso. Quería contar que tenía veintiún años, y que Mike y Andreas llevaban meses cuidándome y queriéndome, y yo dejándome cuidar y dejándome querer, que ellos eran hermanos de los que compartían todo, que íbamos a volar en direcciones literalmente opuestas, ellos a Oslo, yo a Madrid, que podía ser una vez y no más. Que fue.

Ocupaban un apartamento diminuto encima del puente de Camden. Un estudio muy hippy, con incienso y telas indias. Un sitio donde yo había pasado mucho tiempo pero nunca con los dos a la vez. Fumamos maría y pusimos música, queríamos pasar toda la noche despiertos, intentar que toda nuestra vida futura, nuestra posible vida juntos, se acelerara, intensificara y viviera en unas horas.

Y pronto empezamos a flotar.

A mí la maría siempre me ha gustado porque me aligera. El alcohol me entorpece, la coca me enloquece, la maría me relaja. Y aquella noche necesité poca. Todo era fácil con Andreas y con Mike. Recuerdo el sofá, estar sentada en el suelo, entre las piernas de Andreas, que fumaba y me acariciaba el pelo; recuerdo que Mike se tumbó en mi pierna y pronto alargó la mano y empezó a tocarme, que luego me bajó los pantalones y me chupó despacito, sin buscar mi orgasmo, sólo su placer.

Recuerdo que Andreas sonreía y me preguntaba si yo era feliz, y que yo le decía que sí. Que mientras Mike me chupaba yo chupé a su hermano, que mientras su hermano se acercaba al final, aprovechando que yo estaba de rodillas y muy concentrada, Mike me penetró por detrás, aún sin prisa, aún sin meta, mientras él se acariciaba los testículos.

Recuerdo que nos corrimos los tres entre el sofá y la alfombra.

Que, mucho más tarde, nos despertamos en la cama y lo volvimos a hacer, lo de corrernos los tres, de otra manera, igual de suave, igual de auténtica, igual de real.

Lo recuerdo y sonrío. Alguna vez he pensado en buscarlos en Facebook. Alguna vez, la verdad, lo he hecho. Pero no los he encontrado: Andreas y Mike tuvieron un tiempo y una misión en mi vida. Cumplieron y pasó.

Me devolvieron a este lado de la luz, me dejaron en los brazos de Miguel.

Manu siempre me dijo que estaba muy guapa cuando volví a Madrid. «Bien alimentada, bien follada, bien acariciada. Estabas reluciente... Brillabas.» Desde entonces quiere a Miguel.

Miguel fue un regalo de fin de curso. Un regalo de mi padre muerto.

Miguel era el hijo de su íntimo amigo. Vivía en Londres y fue comisionado para chequear mi estado, para sacarme un poco, para controlarme más.

Tardó nueve meses en cumplir el encargo; llegó justo al final, cuando ya no era necesario y, por tanto, podía convertirse en imprescindible.

Miguel se fue a Madrid mucho antes que nosotros, y yo sólo recordaba que su padre se había hecho rico y que el mío, su mejor amigo, repetía sonriente una frase de su abuelo Juan, mi bisabuelo: «Nadie se hace rico trabajando honradamente, nadie salvo mi amigo Luis».

«Soy joven, rico y culto; y soy infeliz, neurótico y estoy solo...»

Hace unos años encontré en este comienzo de *Bajo el signo de Marte*, de Fritz Zorn, la perfecta descripción de Miguel. Y eso después de media vida de quererlo, pero no debería decir esto.

Miguel es mucho mejor que yo.

Con él, en sólo veinticuatro horas, decidí quedarme para siempre.

Anulé mi vuelta a Madrid y pasé otros dos meses en Londres. Sin hacer nada útil más que vivir con Miguel, en Miguel y por Miguel.

Manu el Travieso también tiene un lado romántico. «Siempre he pensado que tenías que estar muy enamorada, Mica. Que te haces la cínica, pero te casaste a los veintiún años, a los dos meses de encontrarlo.»

Claro.

Miguel, Micaela. Según la etimología, compartíamos un nombre que viene del hebreo: «¿Quién como Él?». «Él» siendo Dios. O dios. O, eso, «Él».

«Él» en el sentido de todo. «Él» con mayúsculas.

Para siempre.

Redentor.

Absoluto.

Único.

Miguel nunca supo lo de Mike (que también era Miguel, etimológicamente, a su manera), ni lo de Andreas, ni lo de Lucas, ni nada más.

Porque nos conocimos tan jóvenes, nos quisimos tanto, nos entregamos de tal forma, que sólo hubo inocencia. Nuestro amor era el principio de todo. No había habido nadie antes igual que nunca lo habría después.

Miguel y yo queríamos empezar de cero. Estrenarlo todo.

Hacerlo bien por primera y última vez. Hacerlo bien de forma definitiva, absoluta, única, ejemplar.

Nadie se quería como nosotros. Nadie se pertenecía como nosotros. Nos conocimos y nos hicimos juntos para siempre.

«Siempre.»

El siempre se nos acabó enseguida, pero lo hubo y nos lo creímos.

Miguel usaba gafas. Como su padre, como el mío. Y tenía ese aire de intelectual que para un psicoanalista demuestra mi complejo de Electra o mi obsesión por la inteligencia.

Miguel también era distinto, y era él mismo: su flequillo y su sonrisa siempre estaban en movimiento. Miguel no paraba nunca. Aún hoy sigue sin saber estarse quieto.

Miguel está; y es muchas cosas todavía; y Manu siempre me pincha, que no entiende que nos llevemos tan bien y no volvamos juntos. Y yo le digo que un «ex» es para toda la vida, como si eso lo zanjara, y Manu me dice que no, que sólo si has tenido hijos y arrastras una pensión compensatoria.

Miguel es el dueño de esta casa en la que reviso mi CV, y me ha pedido que no lo toque, que huya con él, que nos inventemos otra vez un mundo y una vida. Porque Miguel no ha cambiado: siempre se está yendo.

En Londres Miguel también se movía mucho… en moto, claro.

Aún la tiene. La excusa perfecta para Manu, que quiere que vuelva con él o que me aleje: «Lo tuyo es fetichismo. Igual, si un día te compras tú la moto y te pones las gafas de tu padre, vas y encuentras un tío que vaya en metro, tenga un coche pequeño, o sea un ciclista militante. Un contable, un ingeniero, un hombre sencillo que te sepa querer. Si no vas a volver con Miguel, ¿por qué no pruebas?».

Pero yo ya no pruebo. Si acaso, me prueban.

Decía que Miguel me vino a buscar y yo me encontré a la puerta de la residencia de estudiantes a un tipo enorme, moreno, con las manos grandes y la sonrisa abierta.

Un tipo guapo que había conocido a mi padre y que lo había querido. Un tipo noble y franco. Un tipo que me dijo: «Así que esto es en lo que te has convertido, Micaela, en una jovencita a la que hay que defender de los *hooligans* salvajes y de todos los ligones extranjeros que aprenden inglés en las camas de esta ciudad».

Y entonces me abrazó fuerte, fortísimo, y me susurró: «Te debía este abrazo. No pude ir cuando murió tu padre. No tuve valor para veros a ti y a tus hermanos».

Y, sin más, me tendió el casco, me alzó sin esfuerzo, me colocó en la moto y me llevó a un pub en medio de la nada.

—Cuéntame quién eres, Mica. Y come.

Comí y le dejé hablar a él. Siempre ha sido más fácil. Miguel tenía seis años más que yo. Estaba trabajando en Londres. En un banco. Un trabajo que no le gustaba aunque le divertía su sueldo y el poder tomarse el movimiento del dinero como un juego, porque, además, todo eso era sólo la antesala de un puesto para toda la vida: dirigir, consolidar y multiplicar la ya magnífica empresa de su padre.

Un niño de papá, sí.

En el mejor y el peor sentido de la expresión. En todos los que tenga.

Era hijo único y se había preparado para suceder y mejorar a su padre personal y empresarialmente.

Aquella noche me habló de sus sueños.

—Te va a sonar ingenuo y ridículo, porque es verdad que no lo necesito. Pero sí lo quiero: quiero dirigir esa empresa sólo para poder hacerlo de otra manera. Para poder cambiar el mundo. Es cierto que vendemos ropa, y no tecnología médica ni vacunas. No salvamos vidas, no es tan tangible ni tan inmediato. No es altruismo y no me engaño. Pero, ¿sabes, Mica?, hay otra manera de mejorar la realidad, de hacer cosas: en vez de cambiar «EL» mundo, así, con mayúsculas, uno solo, cambiar un montón de mundos en minúsculas que son igual de grandes. Los de la gente que trabaja contigo y los de sus familias (con mejores condiciones, mejores horarios, mejores sueldos), los de los consumidores (con confianza y calidad), y el mío, el de mi exigencia... ¿Te estoy aburriendo? Sí, claro que te estoy aburriendo.

En aquella época, Miguel se embalaba y se ponía trascendente, se le iluminaban los ojos y brillaba entero, como un loco maravilloso, un gurú irresistible que, a punto de levitar, se daba cuenta y soltaba una carcajada autocrítica, con la mirada aún perdida en sus mundos paralelos.

Y, para volver a tierra, desde esa noche y ya para siempre, me agarró: me cogió la mano por la muñeca, muy fuerte, y me miró.

Y yo dejé que me viera.

Miguel tenía, tiene, una voz grave y serena, una voz que era como la casa donde yo quería vivir, una voz que sólo he vuelto a encontrar en mi profesor de yoga. Pero también tenía, tiene, unas manos grandes y de dedos largos y masculinos que hablaban con él: se movían, gesticulaban, bailaban…

Como si representaran un espectáculo. El del hombre con el que se sueña.

«La huérfana flacucha salvada por el oso grande», se reían él y Manu en aquella época en que los presenté. «Es guapa, Miguel, puede ser una buena causa, lo que no sé es si te pega de princesa…»

Sí, claro.

Así también lo veían mis hermanos, como un rescate que les liberaba de una responsabilidad que ni ellos tenían ni yo les exigía. Aparte de que Jon y Pablo se hacen siempre los locos, pero yo sé que confían en mi fuerza y en que algún día, si ellos me necesitan, yo los salvaré de las leonas.

La imagen era tentadora. Casi recién salida de un coma, una punkie dulce o una existencialista tierna con más títulos académicos que años y más sueños que realidades. Miguel me adoptó, o mejor dicho, se afilió a mí, y yo me refugié en él: su voz, su protección, su amor y su dinero.

Porque el dinero, es obvio, también da seguridad. No me lo tuvo que explicar el psicoanalista muchos años después, que ya lo sabía yo.

El dinero era de su padre, además.

—Pues claro que le gustas a mi padre, Mica. Es serio con todo el mundo.

—(…)

—No me mires así.

—(…)

—Me acojona un poco eso de no poder ocultarte nada… ¿Eres bruja o algo?

—No, es que tú eres transparente.

El padre de Miguel había sido el mejor amigo de mi padre y yo no recordaba la vida sin él, pero sí que después de un fugaz paso por el funeral, mis hermanos y yo no volvimos a verlo.

Eso de que el dolor es contagioso, supongo, aunque luego supe que sí se había ocupado de mi madre, que de lo que huía era de nosotros, de los menores, de los huérfanos.

—Él está convencido de que te deprimiste cuando murió tu padre. Dice que recuerda siempre a la niña que eras, una loca alegre y vital, una niña feliz e incansable, y que después sólo vio una adolescente triste y desesperanzada.

—¡Pero si no me vio de adolescente!

—Hablaba con tu madre. Y Pamplona es pequeño, Mica.

Y así, a lo tonto, tuvimos nuestra primera gran bronca. Verme a través de los ojos de mi suegro era, también, verme a través de los ojos paternalistas y salvadores de su hijo ahora que yo ya había pasado al otro lado.

«Que no estoy deprimida, que lo que veis no soy yo, sino las cosas que me han pasado, que yo aún me estoy haciendo…»

Vi ese lado redentor, claro, lo había visto otras veces; ya eran muchos años huérfana. Pero de lo que no me di cuenta es de que a Miguel también le ponía la reticencia de su padre. Lo aceleraba, lo intensificaba, lo dramatizaba, lo erotizaba…

Nos conocimos (nos reencontramos) en Londres en junio y en agosto Miguel dejó su banco y nos fuimos juntos a recorrer Estados Unidos.

Mi madre era mucho más fácil: la beatlemaníaca progre había cambiado poco en lo esencial. En todo caso, era mayor, más sabia, más práctica y, sobre todo, más entregada a la felicidad de sus hijos.

—¿Necesitas dinero, Mica? Eso es lo único complicado.

—No, paga Miguel, que para eso es rico.

—Tampoco es eso, Mica. Lo importante es que es bueno, que lo conozco desde pequeño, y eso se nota ya en los primeros años.

—Bueno y listo también, mamá.

—No me hables de inteligencia, Mica. De verdad. Ya lo sabes. Sólo me importa que sea bueno… «en el buen sentido de la palabra bueno».

Ésa es otra que sale siempre. A mi madre le gustaba que yo leyera, no que viviera en los libros; apreciaba la inteligencia, claro, pero lo que quería alrededor era bondad.

—Desconfía de los intelectuales, que la inteligencia sin bondad miente y manipula.

Ésa ha sido nuestra discusión eterna y no se lo llegué a decir por pura pose, pero hace años que le di la razón: que sean buenos.

El caso es que Miguel y yo volamos a Nueva York, conocimos juntos Chigaco y Nueva Orleans, y acabamos recorriendo la Ruta 1 desde San Francisco hasta Los Ángeles.

En moto, claro, en etapas cortas y noches largas; en una película que los dos nos habíamos montado.

Viajábamos sin dejar de tocarnos. Parábamos a cada rato. Estirábamos las piernas. Nos besábamos. Encontrábamos un motel. Nos duchábamos. Hacíamos el amor. Cenábamos. Hacíamos el amor. Dormíamos. Hacíamos el amor. Dormíamos. Hacíamos el amor. Desayunábamos.

Estuvimos más de un mes viajando.

La meta era Los Ángeles, pero la ciudad del cine no nos gustó nada porque significaba el final del viaje y no queríamos acabar. Tocamos el Pacífico, literalmente, rozando el mar en Santa Mónica y decidimos largarnos de allí y seguir.

Con un giro de noventa grados, huimos hacia Las Vegas.

Por curiosidad antropológica, por mitomanía y por puro morbo.

Pero, de camino, en un bar de San Bernardino que parecía un sueño, mientras decenas de pares de botas vaqueras bailaban a la vez, a Miguel y a mí nos entró el mismo ataque de risa. Y lo digo bien: no nos entró un ataque distinto al mismo tiempo, nos entró el mismo; la misma risa contagiosa, feliz, interminable.

Una risa de amor absoluto.

—¿Y si nos casamos? —me preguntó Miguel entre hipidos.

—Lo que tú quieras. Va a ser para siempre casados o no.

—Pues decidido. Boda en Las Vegas, volvemos de vacaciones casados, con papeles, como adultos, para ponernos a cambiar el mundo, para cambiar nuestro mundo, para no separarnos nunca…

—¿En serio?

—Totalmente.

—Hecho.

Que conste que nos costó llegar hasta el final. No es tan fácil asumir la horterada, los disfraces, los colores pastel, la impostura... No es tan fácil reírse de un negocio ridículo mientras participas en él, o participar mientras te ríes de él.

Pero encontramos a un tipo que nos casó sobre una Harley, lo más sagrado que conocía Miguel, lo mejor que había tenido yo entre las piernas (y sé que este comentario suena tremendamente zafio, pero es que las Harleys son una belleza).

Los dos en vaqueros y camiseta, los dos absolutamente entregados. Sin disfraces.

Al terminar, Miguel se dio la vuelta con una sonrisa blanca e inmensa, la más bonita, la más confiada y luminosa que he visto en mi vida:

—Marido y mujer.

—No, no, hombre y mujer. Yo soy tu mujer si tú eres mi hombre, que «marido» suena a cargo institucional y no pienso pagarte.

—Qué peleona y qué pesada eres... Pero sí. Tu hombre, tu amante, tu novio... Soy todo lo que quieras. Todo lo que tú me dejes ser. Yo te amo, Mica. No lo olvides, porque ésa va a ser tu maldición.

Nos quedamos diez días en Las Vegas sin entrar en ningún casino. Nos encerramos en una habitación inmensa y con vistas al desierto. Una de esas suites superlujosas que casi te regalan con tal de que, al pisar el vestíbulo, apuestes y pierdas tu pasado, tu presente y tu futuro. Y nosotros sin apostar, que ya lo teníamos todo, no fuéramos a perderlo.

—Joder, Mica, vuestra historia era perfecta.

—Pluscuamperfecta.

Lo que no entiende ahora Manu es lo mismo que, hace quince años, no entendían tampoco mi madre, ni el padre de Miguel, ni el mismo Miguel.

Manu no entiende por qué nos separamos.

Nos separamos porque la realidad pudo con el amor. Nos separamos porque no podíamos estar siempre lejos y huyendo. Nos separamos porque lo teníamos todo. Nos separamos por capricho. Nos separamos porque sí. Nos separamos porque nos queríamos.

Hay mil explicaciones, todas insuficientes y ninguna correcta, pero sí que hay una certeza: empezamos a separarnos cuando, a las dos semanas de casarnos, aterrizamos en Madrid.

Nuestro siempre se acabó al empezar.

Miguel y yo, en contra de la opinión de sus padres, nos instalamos en una buhardilla del centro. Bonita y sin ascensor. Eramos jóvenes, alternativos y con pasta. O sea, BoBos, que es lo mismo que pijoprogres pero con mejor efecto.

—¡Lo tenéis todo y no queréis nada!

Eso gritó mi suegra con lágrimas falsas el primer día que cenamos en su casa. Porque ella quería que viviéramos en su urbanización, que tuviéramos una interna y que yo me quedara embarazada. «Dios te va a castigar sin hijos», me amenazó. Y entonces Miguel se despidió de ella con un beso y me liberó de esas cenas de familia que eran, a la vez, consejos de administración.

Prometo que no me lo estoy inventando, que mi suegra me maldijo, que es una mujer amargada y amargante, pero no nos separamos por eso. Nos separamos porque era pronto para todo, hasta para querernos tanto.

3

Parejas

Miguel y yo no tuvimos más tiempo. Él tuvo que sumergirse en su nuevo trabajo de hijo del dueño y demostrar que era al menos tan listo y tan bueno como el padre. Yo tuve que mirarme en un espejo: sobradamente preparada, lujosamente mantenida.

—Algún día, cuando se apruebe el matrimonio gay, seduciré a tu marido y me casaré con él —me decía mi hermano Jon desde sus larguísimas jornadas de auditor.

—No le gustan los tíos.

—Ni a mí, y no me lo quiero tirar, sólo necesito su dinero y su buen humor. Veremos juntos el fútbol, beberemos cerveza de importación, encargaremos sushi, y yo no trabajaré nunca más.

—Pues yo quiero trabajar, Jon.

—Tú siempre vas al revés, hermanita.

—Jon…

—Ya, ya lo sé…

Jon también quería que yo trabajara. Pablo no opinaba. Miguel sí: «Pero elige, Mica, tú que puedes porque no lo necesitas, elige lo que quieres hacer. Cómo, dónde, con quién…». Ja. No creo que los trabajos se elijan, o sí, ahora que ya nada es como antes y no se escoge el trabajo sino la vida. «Que sí,

Mica, que te guste, que te sientas bien pagada, que te lleves bien con tu jefe...»

Eso decía Miguel. Y me recordaba a la oferta que redactan los niños de *Mary Poppins*: una carta a los reyes magos.

Yo no quería un sueño, sino un trabajo. Ya no quería una profesión ni una vocación; ya no quería ser periodista. Lucho, su estupidez y su medianía, me habían quitado las ganas y la fe. Lo que quería era ir a un sitio a pensar y a hacer, a desafiarme y a exprimirme, a construir y a aportar, y que me pagaran por ello.

Es irónico teniendo en cuenta que me han despedido por pensar. O no, no es irónico, es lógico si siguen mandando los mismos: en empresas y gobiernos, mucho más de lo que parece, mandan los rancios y no los buenos. Ni los sabios ni los listos; sólo los que siempre han estado y siguen porque no hacen nada y, por lo tanto, no se equivocan; o porque gritan y parece que hacen más.

Bendita aristocracia que era el gobierno de los mejores, o eso creían los griegos. Yo he visto mandar a muchos necios.

Pero a eso no hemos llegado todavía: estaba en Madrid, con mi CV lleno de títulos académicos y vacío de argumentos prácticos.

—¿Un trabajo de qué tipo? —me preguntaba Luis, mi suegro—. Que yo tengo amigos y contactos, Mica.

—Gracias, Luis. No quiero contactos, quiero un trabajo. —Contestaba muy chulita, muy académica, muy ingenua, a un suegro bienintencionado al que acusaba de ser eso, «bienintencionado». Pobre Luis.

Hasta que, efectivamente, un «contacto» suyo me metió en esa cadena de televisión y me devolvió a la casilla de salida del periodismo: veintidós años, recién casada, turno de noche.

Era incómodo, inoportuno y mal pagado, pero era lo que yo quería, y, mientras tanto, Miguel se había puesto la corbata, y yo ya no lo veía sin ella.

Porque, claro, no es lo mismo recorrer América en moto con el hombre al que quieres que verle salir con traje cada mañana mientras tú te desperezas. No es lo mismo que te agarre la muñeca para salvarse que recibir un par de llamadas rutinarias: «Hoy tengo un par de fuegos, no puedo con mi alma». No es lo mismo tener todo el tiempo del mundo para inventar el amor que apenas coincidir en la cama un par de horas, de horas malas y cansadas.

Miguel y yo teníamos horarios irreconciliables y no nos separamos por eso.

Los fines de semana, a Miguel le relajaba salir de copas, a mí quedarme en casa leyendo. A él le estresaba más que yo trabajara que su propio puesto, a mí me angustiaba sentir que cambiar el mundo ya no era su sueño. Claro que eso lo veo ahora, porque entonces no veía, no le veía, no nos veíamos.

Pasó más despacio, pero también ocurrió rapidísimo.

—Eres el último mono y te quedas a trabajar hasta las mil.

—Tengo el turno de noche, Miguel, no puedo salir antes. Yo no soy la hija del dueño, como tú; yo no puedo elegir.

—Sí puedes.

—Puedo, claro, depender de ti y vivir del cuento.

—Mica, no te pongas sarcástica, que los dos sabemos que te da pereza volver a casa.

—¿Yo sarcástica? Tú te pones dramático. ¿Para qué quieres que vuelva a casa si ahora sales cada noche?

—Salgo porque no estás.

—Sales porque te gusta.

—Y porque no estás.

—(...)

—Y porque no estás, Micaela.

Así un día.

Y otro.

Envenenándose, envenenándonos.

—¿Pero ya no me quieres o qué?

—No te veo, Miguel, que no es lo mismo. Sí que te quiero.

—Pues mírame, quiéreme, tenme en cuenta...

—Otra vez estás dramatizando.

—No, Mica, lo que pasa es que tú crees que ser huérfana

y haber estado en coma te da derecho a ignorar el sufrimiento de los demás.

—Pues sí que me conoces, sí. Y sí que me quieres.

—Sí te quiero, pero desde que volvimos a Madrid ya no estás.

—Y tú sí estás, ¿no? ¿Estás cambiando el mundo o estás ganando pasta para tu papi, el millonario altruista que ya no la necesita?

—Sigue, sigue. Venga, a ver si encuentras otro golpe bajo.

—No más bajo que lo que tú me has dicho, que me acusas de ser huérfana como si fuera una opción estética.

Yo lloraba, claro. De rabia y de verdad. Era un psicodrama que se repetía, que sobredramatizábamos y que nos dejaba exhaustos.

—Mica, perdona... Es que siento que no puedo tocarte, que sólo eres tú cuando estás lejos de mí, que ya sólo sonríes a Manu y a tus hermanos. O a ese Diego al que acabas de adoptar en la cadena.

—Déjalo, Miguel.

—Mica, que quiero arreglarlo.

—No, lo que quieres es joder a tu madre, que odia que estés conmigo porque eres hijo único, y a tu padre, que cree que a los catorce me convertí en una depresiva de mierda.

—¿Ves? Lo estás haciendo otra vez.

—Déjame en paz.

Hubo un montón de versiones de esta conversación y creo que las recuerdo todas. Sus matices, sus palabras, sus lágrimas. Su daño: cada vez más profundo, más aburrido, más innecesario, más estéril.

Por mucho que dijera Miguel, tampoco sonreía a mis hermanos, más que nada porque los veía poco. A Manu y a Diego sí, eso es cierto.

Diego compartía conmigo el turno y la falta de fe en esa manera de hacer periodismo. Recibías noticias de agencia, las masticabas en un texto facilón, las recortabas, las montabas y las locutabas, y ya: listos para esos programas que, por la mañana, mientras desayunaban los trabajadores de los noventa, contaban que el mundo estaba mal pero que en un zoo chino habían conseguido, por fin, que los osos panda se reprodujeran en cautividad.

Guerra en Sarajevo, terremoto en Kobe, casi cien muertos en una cárcel de Argel... «Chicos, ¿no tenéis nada mejor?» Resistiéndonos a acabar embrutecidos, Diego y yo colábamos ideología, activismo y guiños en las victorias del tenis español, las bodas de los ricos y famosos, y la inauguración de Port Aventura.

O, al menos, lo intentábamos.

Poco se podía hacer en aquellos servicios informativos que presagiaban ya la era del *infotainment*: «Da igual que sea importante, lo que tiene que ser es entretenido». Nuestra jefa, Elisa, era seca y estirada como su nombre. Yo creo que ella valoraba nuestra ingenuidad, que hasta le enternecía esa ilusión, pero no tenía tiempo ni fuerzas que dedicarnos.

Así que Diego y yo empezamos a editar rapidito lo que sabíamos que se esperaba de nosotros, mientras hacíamos planes y nos hacíamos amigos. Diego entonces estaba con una mujer de la que no hablaba. Y yo tampoco mencionaba a Miguel. Nuestra amistad, con lo guapo que él era, que sigue siendo, nació más intelectual que emocional, quizá por ese entorno de sensacionalismo y vísceras, de banalización extrema.

Nos hicimos amigos sin prisa pero sin pausa.

Si Manu es mi alma, mi risa y mi sentido común, Diego es mi Harry.* El hombre con el que yo puedo hablar de todo lo que me importa: política, literatura, cine, sexo... El hombre con el que puedo medirme, aprender, construir, mejorar. El hombre que ahora dirige la más sólida empresa audiovisual de este país. «Mi amigo Diego», pienso siempre con admiración.

El caso es que Miguel no tenía celos de mi trabajo, ni de Diego. No tenía por qué. De lo que tenía celos, o nostalgia, era del pasado que llevábamos pegado, de nuestro mundo de aislamiento y sol, de un verano eterno, de un amor para siempre.

Y yo también.

Nostalgia de niños, nostalgia de la irresponsabilidad, nostalgia de la huida.

Los dos nostálgicos y ninguno construyendo.

* Referencia a la película *Cuando Harry encontró a Sally. (N. de la A.)*

Luis, mi suegro, llamó primero a mi madre y encontró un muro: «Es su vida, yo no voy a intervenir».

Luego, frustrado, me llamó a mí.

Me llamó al orden, quiero decir. Y se invitó a mi casa.

Luis imponía e impone.

—Micaela, fui el mejor amigo de tu padre, aunque éramos muy distintos. A él le gustaba presumir de coherencia, y se reía de mí y de mis renuncias, de que me hubiera hecho millonario. Si quieres lo puedes simplificar y ponerte de su lado...

—Yo no quiero nada.

—Déjame hablar, Micaela.

—(...)

—Te explico todo esto para que no me malinterpretes...

—(...)

—Si en algo nos parecíamos tu padre y yo no es en la ideología, sino en el amor y en una obsesión por la familia que nos avergonzaba reconocer.

—(...)

—A los dos nos cambió la vida el tener hijos. Lo hablamos mucho aquellos primeros años. Queríamos seguir siendo personas, combatientes, ciudadanos... y nos habíamos convertido en padres. Nuestra vida era vuestra de una manera total y absoluta.

—(...)

—Claro que nos importaban la política, la Transición y el mundo, pero, en el fondo, no luchábamos ya por la sociedad, sino por nuestras familias.

—(...)

—¿Lo entiendes, Micaela?

—Creo que sí.

—No me basta el «creo». ¿Lo entiendes?

—Sí.

—Te lo digo porque a mí lo que más me importa es Miguel. Como a tu padre le importabais vosotros tres, de la misma forma definitiva, a mí me importa Miguel.

—(...)

—Si yo pensara que él iba a ser más feliz fuera de mi empresa, si él tuviera una vocación clara, si... No sé, no quiero parecer romántico, porque no me refiero a una vocación artística, me refiero a cualquier otra cosa, a cualquier pulsión. Si él quisiera algo con todas sus fuerzas, yo no le dejaría venir a trabajar, le obligaría a perseguirlo, vivirlo y disfrutarlo...

—(...)

—Pero Miguel no tiene vocación, o no la tenía hasta que te encontró a ti, hasta que os visteis en Londres.

—(...)

—Su vocación eres tú, Micaela.

—(...)

—Conozco a mi hijo. Miguel te adora y vive por ti. Vive para ti.

—(...)

—¿Me entiendes ahora también, Micaela?

—Sí. Aunque creo que exageras.

—No exagero, no, ojalá.

—(...)

—Perdona... No lo decía en mal sentido.

—(...)

—En realidad, no critico ni aplaudo su opción; sería perfecta si le hiciera feliz. Pero Miguel está triste, apagado, mustio... Y no tiene por qué. Vive con la mujer a la que quiere, tiene dinero, libertad, trabajo, amigos...

—(...)

—Crees que te estoy acusando... No. No me voy a meter en vuestra relación de pareja. Lo que quiero es que me digas qué puedo hacer para ayudar.

—(...)

—No me mires así, no es una pregunta tan rara; y, además, soy su padre, no un extraño.

—(...)

—¿Qué te falta a ti que yo te pueda dar? ¿Volver a vivir en otro país? ¿No ver casi a mi mujer, que no te cae bien?

—(...)

—Ya. Ya sé que tú tampoco le caes bien a ella.

—(...)

—¿Qué os falta? ¿Tiempo? ¿Dinero? ¿Qué? ¿Tú qué quieres, Micaela? ¿Ser periodista o escribir? Que no es lo mismo...

—(...)

—Dime.

—No lo sé, Luis, de verdad.

—Pues piénsalo, porque si quieres ser periodista, puedo hacer poco, lo tienes que conseguir sola. Pero si lo que quieres es escribir, yo te ayudo: me cuentas el sueldo que estás ganando ahora, te lo igualo o te lo doblo, lo que sea, os ayudo con la casa, con los viajes, con todos los gastos, y tú escribes mientras Miguel trabaja, y le regalas a cambio el resto de tu tiempo, y arregláis lo que os pase, y os hacéis felices.

Luis lloraba.

—Me sería fácil, Micaela, hablarte de tu padre otra vez, de que me gustaría sustituirle porque era mi mejor amigo y tú lo perdiste demasiado pronto. Pero yo no soy tu padre, ni puedo serlo; soy el padre de Miguel y sufro con él y por él. Dime qué puedo hacer. Por favor...

Manu y yo hemos repasado mil veces esa conversación.

«Acojona, Mica, qué tío... A mí me viene el padre de Marta a hablarme de nuestro matrimonio y me desmayo de pura vergüenza. Pero tenías que haber aceptado su oferta, haberte dedicado a escribir con sueldo. Como si fueras una artista y tu suegro un mecenas... Que ya no quedan mecenas, Mica, ni de los ricos ni de los buenos.»

—Te olvidas de un detalle importante; o de dos, mejor dicho. El primero, que yo no quería escribir...

—Sí querías y acabarás escribiendo...

—... el segundo, que si me hubiera encerrado a escribir a los veintitrés años no habría tenido nada que contar, que no había vivido.

—Aun así, Mica. Mira dónde estás ahora, mira: justo donde él te ofreció estar, refugiada en casa de Miguel y sin trabajar.

—Me despidieron ayer, Manu, no estoy aquí por gusto y, además, voy a volver a currar.

—Otra vez porque tú quieres. Y eso que ya no tienes edad de ser mujer objeto, pero Miguel está obsesionado y ni te ve, sólo te recuerda y te imagina. Venga, Mica, que sería bonito...

Cuesta mucho separarse de alguien a quien quieres.

Miguel y yo lo intentamos todo, empezando por escapar a unas vacaciones tan desesperanzadas como el último deseo de un condenado.

Fuimos a Bali y asoleamos por allí nuestra ingenuidad y nuestra tristeza. Por los templos, los arrozales y las playas. Por las sonrisas de una isla aún virgen de turistas y tsunamis. Por el cielo en el mar.

No habíamos dejado de tocarnos, pero sí de hablar y de reírnos.

Miguel estaba triste, y yo no podía soportar la responsabilidad de hacerle infeliz. Volvimos separados, en mundos ya diferentes. Volvimos y Miguel aceptó la casa que le ofrecieron sus padres. Volvimos y no volvimos nunca.

No hubo forma; yo no sabía quién era y Miguel sí: el que es ahora. El que está seguro de quererme. Su empresa, sus amigos, sus aficiones y su amor.

Yo era un dolor, y luego un vacío, y luego un amor, y luego otro vacío. Yo no me sostenía y no podía sostenerlo. Miguel tenía razón: yo iba de víctima, y de profunda, y de trascendente, y no me lo creía ni yo pero tampoco sabía cómo salir, tenía que mojarme un poco, y dolerme, y responsabilizarme, y dejar de poner cara de Bambi, y ser sincera con él; sincera y divertida, como era con Manu; sincera y comprometida, como era con Diego.

Sólo a Manu intentaba explicárselo.

—Yo le quiero, pero no.

—¿No qué? ¿No estás enamorada? Concreta un poco, Mica.

—Estoy mejor cuando él no está en casa. Estoy mejor leyendo un libro que cenando con él. Me cansa darle explicaciones que ni siquiera me pide. Prefiero ir al cine sola…

—Micaela, tía, ¿pero tú no serás autista o algo? A ver, que vives en una casa de puta madre, con un tipo que es guapo, divertido y buena gente, al que quieres y que te adora, y te has montado un drama del siglo XIX.

—¡Es que no sé quién soy!

—¿Y qué tiene que ver Miguel con eso, Mica?

—(…)

—Mica…

—Que me llena de ruido.

O sea, que me separé por miedo al vacío, a mi vacío, y me zambullí en él como si fuera una profesión, una forma de vida o... O un castigo. Me castigaba andando. Caminaba horas cada día, para ir al trabajo, para volver a casa, para nada.

Caminaba buscando pistas: quería entender cómo eran los demás, hacia dónde andaban, por qué tenían prisa. Y algunas veces, viendo mi sombra en algún escaparate, pensaba: «Parezco uno de ellos, parezco cuerda y no lo estoy: soy la única mujer vacía».

Disimulaba con Manu y con Diego, que se habían conocido y se habían gustado, y no conseguía disimular con mi madre: todas las mañanas me llamaba para preguntar si quería comer en su casa, una forma como otra cualquiera de iniciar una conversación y hacer un chequeo rápido.

—No, muchas gracias, ya me apaño.

Mi madre sabía que yo no he cocinado ni voy a cocinar nunca, sabía que no me estaba apañando; lo sabía todo, como siempre, pero no me dijo nada. Ni lo dijeron mis hermanos, que son no intervencionistas. Porque nuestro lema familiar siempre ha sido algo así como «si tú no te metes en mi vida, yo no me meteré en la tuya; si tú no te metes en mi vida, cuando me necesites estaré».

—Define «necesitar» —me chinchaba Manu cuando venía a casa y se encontraba la nevera vacía salvo por un poco de helado.

—No lo sé, es un verbo que no practico.

—Eres una chula de mierda, Mica.

—Y tú un gorrón. Si quieres cervezas, tráetelas puestas.

Me desperté de un tortazo, un día cualquiera, con un recibo astronómico: Miguel se había ofrecido a seguir pagando el piso, «mientras vemos qué hacemos», pero su padre, su madre, su conciencia…, quien fuera cambió de opinión.

Y fue que no.

Mi mierda de trabajo no podía pagar ese alquiler.

—¿Te das cuenta de que el dinero es una forma de control, Micaela?

Esa pregunta me la hizo mi psicoanalista, y sólo admitía una respuesta: «No soy completamente imbécil, sólo lo parezco».

Miguel quería hacerme volver. O castigarme. O mandarme a la mierda.

Él o su madre.

Y lo que hicieron fue marcarme una meta: espabilar y no necesitarlos. El dinero es también un objetivo, y yo sólo quería ganar lo que costaba un alquiler.

—O sea, que eres *freelance*.

—Llámalo como quieras.

—Lo llamo *freelance* y pluriempleada. Porque trabajas en la tele y, luego, no sé cuándo, te haces tus curros en casa. Pues muy bien. ¿Y qué más haces?

—Trabajar.

—¿Y qué más?

—Trabajar.

Ya no tenía tiempo para quedar con Manu. Yo trabajaba para pagar el alquiler, él vivía.

A cambio, tenía la cordura de Diego en la cadena. Seguíamos intentando colar brillantez en aquellas noticias bobas, seguíamos disfrutando al pensar, seguíamos soñando.

Recuerdo aquella época como un largo otoño. Y el otoño, para mí, era la piscina de casa de mi abuela: un estanque irregular que en octubre vaciábamos para despedirnos del verano. Allí, en el fondo, nos juntábamos los primos y competíamos en un juego absurdo que había inventado mi padre: el fútbol-tenis. Ponía una red en el centro de ese enorme cuenco vacío y teníamos que pasar la pelota de un lado a otro sin usar las manos, a patadas, entre risas y balonazos.

La preciosa buhardilla en la que había vivido con Miguel y que habíamos llenado de amor y de futuro, era como el estanque de mi abuela después de que muriera mi padre: un enorme hueco del que yo, cada vez más pequeña, no podía salir.

La recorría de un lado a otro cada noche, tocando las paredes con la punta de los dedos, y me daba cuenta de que ése era mi fondo, que ya no podía estar más triste ni más sola, y que tampoco podía ser menos yo.

Me miraba en las paredes y me decía: «Vale tímida, vale un poco borde, vale seca; no vale amargada, no vale triste. Yo sé reír y hacer reír…». Paseaba como si estuviera entrenando. Di dos o tres millones de vueltas por el perímetro de la buhardilla, llorando, conteniendo las lágrimas, sonriendo, haciendo muecas, bailando... Di otros dos o tres millones de vueltas aprendiendo a aprender, aprendiéndome y aprehendiéndome.

Y el resto de mis paseos los di al teléfono, con Miguel.

Me llamaba todos los días.

Ciclotímico: volvemos, eres una zorra, volvemos, vamos a ser amigos, eres una zorra, me has destrozado la vida, volvemos... Eran llamadas erráticas, casi estadísticas, de prueba y error.

Miguel me llamaba sin querer hablar conmigo. Y yo tenía la tentación de descolgar, repetir unos cuantos monosílabos, y no estar. Tenía la tentación, y directamente desconectaba. Porque, además, Miguel llamaba siempre de noche.

Para mí era la prueba: que en el trabajo no se acordaba, que con sus amigos tampoco. Que sólo al llegar a casa algunas noches —las noches en que no tenía nada mejor que hacer— pensaba en mí. Aunque pensar, pensar de verdad, no pensaba mucho.

Y yo no tenía tiempo.

Hacía mis horas en la cadena, y por las mañanas hacía todo lo demás: edición y diseño *freelance*.

—Pero ¿por qué lo haces?

—Para pagar el alquiler, Miguel.

—Pero si lo pago yo.

—Ya no.

—¿Por qué?

—Y yo qué sé… Pero, vamos, que haces bien, que tengo que hacerme mayor.

—Conmigo. Hazte mayor conmigo, Mica. Tengamos un hijo.

—Miguel…

Poco a poco, por agotamiento, empecé a dejar de pensar y aprendí a mirar: el mundo parecía cambiable con Diego al lado; y Manu siempre me hacía reír. La felicidad existía, andaba por ahí cerca.

—Te puedes volver a casa, ¿eh?, que tienes veinticuatro años y nadie va a decir nada.

Ése fue mi hermano Pablo, con un intervencionismo tan impropio en él que me asustó.

—O sea, Mica, que tú vas a seguir siendo la rara y todo eso, que ya te has casado demasiado pronto, y te has separado demasiado tarde, o al revés, que ya has currado a los veinte, que ya, tía, que aún puedes vivir una segunda adolescencia hasta los treinta. Como yo y como toda tu generación.

—(...)

—Lo digo en serio, Mica. Nadie te va a mirar mal. No sé, hermanita, ¿cuánto ganas? Te matas a currar para pagar una casa que tú nunca habrías alquilado sola... Es absurdo y hasta ahí todo bien, Mica, muy propio de ti. Pero es que también resulta estúpido y eso ya te pega menos.

—(...)

—Hasta ahora, todas tus tontunas y tus rarezas eran medio románticas, pero ésta mercantilista no te va nada. Sal, tía, diviértete, folla, rompe corazones, ríete, que ya no te ríes nunca, Mica.

—Estoy empezando a reírme otra vez...

—Seguro...

—(...)

—No me mires así, Mica. Yo sé lo que has pasado, y te lo puedo decir porque es exactamente lo mismo que hemos pasado Jon y yo. Y ya. Pasado en todos los sentidos. Venga, va, ¿no te gustaba mi amigo Caco desde siempre? ¿Te monto una cena con él? Que el tipo es gracioso. Pero, Mica, *please*, deja de currar como si fueras una puta monja laica, deja esta buhardilla de pijaprogre, deja esta vida que no es tuya y encuentra otra que te pertenezca y en la que puedas reconocerte...

Para una vez que mi hermano Pablo me miraba, me veía entera, me atravesaba. Tenía razón, claro. Y también, al mismo tiempo, no la tenía.

Yo no sabía bien cómo vivir; y estar ocupada era una manera de estar y una manera de ser sin pensar. Aunque esa visita histórica de Pablo me puso un poco las pilas: dejé la buhardilla pija y me fui a un estudio diminuto, con menos metros y más vida.

Miguel se hartó de esperar.

O, quizá, como muchos, como otros, no se puso un condón, prometió que controlaba y se descontroló.

No parecía enamorado, pero sí fue leal: encontró a Mar, se quedaron embarazados, tuvieron una hija y se fueron a vivir juntos.

Ése fue el orden y no pretendo juzgarlo. Bastante tenía con mi vida, con intentar desprenderme de los restos de mi larguísima intensidad adolescente, con intentar llenarme de risas y de amigos, con intentar esquivar las llamadas de Miguel.

Románticas.

«Sigues siendo la mujer de mi vida, Mica.»

Amenazantes.

«Me vas a perder.»

Animosas.

«Aún podemos, mi amor. Nos vamos lejos. Dime que sí.»

Asustadas.

«Yo no quiero tener un hijo, Micaela.»

Feroces.

«Ésta debería ser tu vida. Te la vas a perder.»

Tristes.

«Mica, Mica, Mica…»

Orgullosas.

«Me alegro de que supiéramos dejarlo a tiempo, era todo tan enfermizo, tan equivocado…»

Lo cuento como si nada y lo vivía como si todo. Dolía, porque Miguel era el hombre perfecto, lo fue, lo siguió siendo. Y yo no podía quererlo, ni echarlo, ni dejarlo.

También es verdad que, en aquellos momentos, aquel Miguel medio loco que, con una novia embarazada, me llamaba a mí cada dos horas, no parecía tan bueno.

Quizá es que entonces yo estaba demasiado cerca, yo que soy su único defecto.

Yo le cogía el teléfono, le escuchaba y le dejaba invadirme con su sentimiento del día. Siempre cambiante, siempre doloroso. Igual tenía que haber cortado, pero no fui capaz: aceptaba que él quisiera irse y no le perseguí jamás, pero si él me buscaba, yo no iba a dejar de estar.

Por si acaso.

Por si acaso un día era capaz de devolverle amor.

Por si acaso un día era capaz de esconderme otra vez dentro de él.

Por si acaso algún día me curaba o decidía que no, que para nada, que nunca había estado enferma.

Supongo que la que se cansó fue Mar.

Y que se lo pidió.

Por favor.

«Lo que no voy a hacer es casarme con ella, eso no, pero vamos a vivir juntos y tengo que dejar de hablar contigo. Entiéndelo, Mica, se lo debo.»

Lo entendí tanto que arrastré a Miguel al juzgado y, morbosos o adivinos, los funcionarios nos citaron el día antes de que naciera su hija en un parto programado.

Nos divorciamos delante de unos estudiantes que esperaban un poco más de tensión y de morbo, pero que sólo vieron cariño e intimidad: no había pensión ni bienes que repartir, no teníamos nada que discutir y el juez casi nos felicitó por nuestro civismo.

Al salir, lo abracé y le di la enhorabuena por anticipado. Él se iba al hospital. Yo, perfectamente sincronizada, siempre cambiando de vida con drama y efectismo, estaba a punto de ingresar en un mundo de corbatas.

4

Empresas

Cuando Manu y yo llegamos a este punto de inflexión en mi CV, al giro que me hizo trepar hasta la cima para caerme mejor, él se entretiene en el juego del «What if?». Aunque es tarde ya para cambiar todos estos años, todos estos jefes, todos estos novios.

Yo también lo he imaginado mil veces: que ese día podía haber acabado distinto, que le podía haber dicho a Miguel que no firmásemos, que me dejara crecer con él, que me preñara, que...

Pero no lo hice, pensé en su niña a punto de nacer, y pensé en no pensar, y pensé también en la entrevista que me esperaba.

Y luego ya no pensé: demasiado curro. No tenía a nadie que me enseñara y me tocó aprender contra mí misma, dudando, esforzándome, trabajando... Y eso me provocaba un orgullo adictivo. Y luego, me respetaban, me ascendían, me valoraban... Y, como bien recuerda Manu, me deseaban, me acosaban y me mandaban mensajes.

A Manu le sigue haciendo gracia. «Me recuerda a esos libros de "Elige tu propia aventura". Es mucha casualidad que el día que firmaste el divorcio, pasaras de pringada en una cadena pública a ejecutiva en una cadena privada, como si hubieras optado por el trabajo y renunciado al amor.»

—Si lo llego a saber, cambio de aventura.

—Demasiado tarde. Oye, Mica, ¿tú te acuerdas de cómo ibas vestida ese día?

—¿Qué…?

—Es que me lo contó Miguel hace poco.

—(…)

—Le pregunté si se acordaba de vuestro divorcio.

—¿Por qué?

—Porque ando comparando recuerdos, rollo hombre-mujer, recopilando datos y ejemplos para mis discusiones con Marta.

—¡Marta y tú no discutís! ¡No me digas eso que se me derrumba un mito!

—Claro que discutimos, no seas boba. El caso es que Miguel me contó una historia preciosa: que sí, que te llamó al salir de los juzgados, que no le oíste. Que quería decirte que todo había sido un error, que volvierais a Londres, que tuvierais hijos, que crearais un mundo propio. Que se quedó mirándote caminar en dirección opuesta a la de él, a la vida que podíais haber tenido, con una falda negra y unas botas altas, porque nunca llevabas zapatos, que tenías las piernas preciosas, tiernas y seguras, que volvió a enamorarse otra vez, y mil veces más, que te echó de menos para siempre, que apostó consigo mismo que te ibas a dar la vuelta para mirarlo y que entonces podría convencerte, que contó tus pasos, que no te volviste, que bajaste al metro, que seguiste sin volverte, que…

—(…)

—Mica, no llores.

—(…)

—Me dijo que te odió y te quiso para toda la vida.

—(…)

—Mica.

—Tenía una entrevista, joder… Y él iba a tener una hija.

No supe querer a Miguel y ahora no puedo, y hasta creo que no debo. Pero yo al Miguel de Londres, al Miguel de entonces, lo quise siempre, lo sigo queriendo. Y aquel día, con la falda y las botas que yo también recuerdo, me metí en una vida de eficacia y dureza, de ataques y armaduras, de pura supervivencia. Me metí en una vida que no era la mía y aún sigo dentro.

—Ya no, Mica. Te han echado.

—Pero sigo dentro y me quiero ir.

—Ten cuidado con lo que deseas, no vaya a ser que lo consigas.

—Pasa, pasa. ¿Tu nombre era…?

La mujer que me acompañó a la puerta era casi perfecta… Perfectamente indefinible: no tenía edad, ni color de pelo, ni estilo de vestir. Lo único, por ponerle un pero, es que si su traje hubiera sido más color «cáscara de huevo» (matiz particular de mi madre sobre la gama de los tonos crema) y menos marfil puro y duro, se habría camuflado mejor con la moqueta.

Pero no me impresionaba. Ni ella ni su viejo truco desestabilizador: fingía no recordar mi nombre para crearme inseguridad en la entrevista.

«Que me acabo de divorciar del hombre perfecto.»

«¡Que-mi-vi-da-es-una-mier-da!»

«¡Que-me-res-ba-las!»

Todo eso, y más, exclamé mentalmente, intentando que el lenguaje callejero me calmara los nervios. Regresé también al punk, igual que hacía antes de los exámenes y todavía, cuando tengo miedo. «Should I stay or should I go», «I fought the Law» y «The Passenger», siempre en el mismo orden.

A mí el punk me cabrea y me hace buena: me da fuerza, lucidez y energía. Me llena de ganas. Por eso seguía cantando mientras calculaba el tamaño de la sala. «No me impresiona», pensaba, pero estaba impresionada: veinte metros de largo y diez de ancho, o sea, doscientos metros cuadrados de espacio para una simple sala de reuniones. La mesa era de una sola pieza. Pretenciosa: la belleza no puede ser tan notoriamente cara, y menos en una oficina (me encanta sentenciar tonterías cuando me aburro; y me aburría mucho. Llevaba ya veinte minutos esperando y ni siquiera sabía a quién).

Saqué la Moleskine (no el iPad, no el iPhone, no; la Moleskine, que eran otros tiempos) para simular actividad intelectual y me puse a escribir: «Cosas que hacer sobre una inmensa mesa de madera pulida». Lo subrayé y fui apuntando…

Antes de llegar al sexo y sus mil posibilidades de deslizamiento, se abrió la puerta y apareció un hombre alto, sonriente, moreno, engominado… ¡Y con unos tirantes verdes, intensos, llenos de tréboles!

Pensé primero, ingenua de mí, que esa cabeza grasienta era la de un irlandés de corazón; que quizá, sólo quizá, todo su look de pijo irredento pudiera compensarse con su afición por las pintas calentorras, las palmadas en la espalda y las carcajadas sinceras.

Pero no.

La mitad de mi cerebro que se había quedado en la Moleskine y el sexo se conectó a tiempo: Patricio López Grey, el presidente de la primera cadena de televisión, el hombre que nunca sale en las fotos. Mierda. Me entrevistaba el presidente y no llevaba en los tirantes la rebeldía irlandesa, sino su propio nombre.

Le di la mano, le miré a los ojos y mantuve la mirada mientras él se entretenía examinándome de arriba abajo, sin vergüenza y sin prisa, con interés y *expertise*.

—Tenían razón, eres mona.

Le seguí mirando; le dio igual. Sonrió (dentadura perfecta, por cierto; todo lo perfecta que se puede pagar con dinero).

—¿Estás casada?

—Divorciada.

—Pero si eres muy joven...

Primero busqué la cámara oculta y luego hice un esfuerzo importante por recordar el año en el que estábamos y echar otro vistazo alrededor: aunque parecía una entrevista para ser corista de Berlusconi, no había sofá para el manoseo y, que yo supiera, lo que necesitaban era un periodista que pidiera poca pasta, tuviera capacidad creativa y pudiera inventar contenidos desde el lado oscuro de la gestión. Y yo encajaba, con un plus de carreras e idiomas.

Aunque eso no me lo preguntó aquel engominado que entrevistaba ejecutivas como quien revisa el ganado (y ya sé que es un símil escrito mil veces, pero quien lo deteste que pruebe a sentarse ante un tipo poderoso y salido, y mejore la metáfora).

Patricio se cansó, por fin, ya tarde, de la inspección. «Me gusta ver quién entra en mi empresa, ya te lo habrán contado.»

—No, no me han contado nada.

—Da igual. Tú pasas mi filtro.

Mi autoestima, a los veintitantos, no se inmutó, pero sí mi alma: «Me acabo de divorciar, hijo de puta, dime qué quieres de mí y deja de mirarme las tetas, dime cuánto pagas, dime si este trabajo me va a salvar la vida, dime algo que no sepa...».

Eso en silencio. Y para compensar, y porque no entendía nada, en voz alta y temblorosa, empecé a preguntar:

—Espera, Patricio, ¿qué quieres decir?

—Que sí, que te quedes.

—¿Y no me debería ver alguien más? ¿Y darme más información? ¿Mis funciones? ¿Mi sueldo? ¿Algo?

—Eso ya te lo contarán.

—¿Quién?

—Pues el que vaya a ser tu jefe.

—¿No eres tú el jefe?

—No ejerzo.

—Menos mal.

Se me había escapado el alivio, pero gracias a eso, por primera vez, además de mirarme, Patricio me vio; y le entró la risa. «Nos lo vamos a pasar bien, Micaela. Nos vemos.»

Salió, y en un microsegundo apareció por otra puerta la mujer camuflada para, sin demasiadas contemplaciones, sacarme de esa sala en la que obviamente sólo se podía permanecer en presencia de Patricio, el hombre de los tirantes verdes, el rey de copas.

—Venga, vamos. Fuera.

Cuando entré a trabajar en la cadena que presidía el hombre de los tirantes, Manu estaba fuera. Acababa de irse a Estados Unidos a hacer un máster. Al final era verdad que no quería ser escritor y que sólo quería vivir («y alargar la adolescencia, Mica, todo lo que aún pueda, que es poco...»).

Por una de esas casualidades de la vida, él es ahora uno de los jefes de aquella empresa. A él le gusta aclarar que es un jefe gestor. «Un gerente sin más. Yo paso de tu lado creativo, romántico y comprometido; y de los egos de los escritores, los guionistas, los productores, los periodistas, los editores, los actores, los músicos... y todos esos personajes que crean contenidos. Asume que uno de tus grandes amigos es el tipo gris y tranquilote, el de los números; que para cambiar el mundo real y el de la ficción ya tienes a Diego, y para curar tu alma, tienes a Ana...»

Pero aún no hemos llegado a Ana.

Yo estaba entrando en serio en el mundo de la empresa, muy sola y muy inconsciente. Con mis hermanos en sus vidas, Manu en Estados Unidos y Diego a punto de abandonar la tele en abierto para triunfar en la de pago.

Y así, sola, empecé a pensar, a tocar y a mojarme. Todo en el mismo despacho, todo en la misma oficina. La vida, que es lo que tiene: piel, polvos y lodos. Porque en esa cadena de televisión había otros hombres que no eran Patricio: sin tirantes, sin gomina, con mejores sonrisas e incluso con peores almas.

O sin alma, como Jaime.

Jaime era mi jefe inmediato. El director de compras y contenidos, el vendedor de humo, hacedor de favores y creador de *boutades.*

Su favorita la inventó rápido. Me hacía entrar en su despacho cuando tenía visita y acompañarles en la reunión:

—¿La ves? Es guapa, ¿no? Pues todavía es más inteligente. Y está divorciada. A partir de ahora, sólo voy a contratar divorciadas. Micaela trabaja más que nadie. Digo yo que será por demostrarle a su ex marido lo que se pierde. ¿O no, Mica? ¿Es para que me enamore yo de ti y te retire?

Y la visita y yo competíamos en bochorno.

Para trabajar con Jaime dejé crecer un disfraz que ya nunca he podido quitarme: hice lo posible por parecer distante y acabé resultando borde.

—Me salva el culo varias veces al día, ¿sabes? —insistía a la visita—. Ella hace el trabajo y yo voy a las reuniones y me pongo las medallas. No acabo de entender muy bien qué gana ella con todo esto, pero supongo que, como todas las tías, tiene un lado masoca.

La visita sonreía incómoda, y yo me aburría de oír todos los días el mismo chiste que, por cierto, era una estupidez.

En cuanto nos quedábamos solos, Jaime, invariablemente, me preguntaba por qué me había separado.

—¿Te pegaba?

—No.

—¿Te la pegaba?

—No.

—¿Se la pegabas?

—Oye, ¿te sabes más verbos, que resulta monótono?

—¿Por qué te separaste, Micaela? Alguna explicación habrá...

—Sí, claro: que el divorcio es legal y la separación siempre está ahí, como un fantasma que se instala en todas las parejas. ¿O es que tú nunca has pensado en separarte?

—Yo no estoy casado. ¿Te casas conmigo?

—No, que entonces no podríamos trabajar juntos.

—Cierto. No me conviene.

Visto ahora y visto entonces, Jaime era un perfecto gilipollas. Lo que no impidió, claro, que me acostara con él.

Lo que más le está gustando a Manu de ayudarme a hacer el CV es repasar mis rollos laborales:

—En el primer curro te lías con un tío que podía ser tu padre y en el segundo con tu jefe... Tu vida laboral es el sueño de un guionista porno.

—No era el segundo curro, sino el tercero o el cuarto. Y era mi jefe, pero tenía mi edad.

—O sea, tu jefe.

—O sea, mi edad.

—Tu jefe y un perfecto gilipollas.

—Eso ya lo he dicho yo.

—Pero no has dicho que te enamoraste.

—Me valoraba, Manu.

—Exactamente, ¿qué valoraba? ¿Tu eficacia en el curro o tu talento comiendo pollas?

Jaime era un niño mimado, con ese punto cruel y abusivo de quienes siempre lo han tenido todo e imponen las horas, los polvos y los mimos según sus propios ritmos («si hay coca, me meto una raya; si no, echo un polvo; si hay suficiente coca, echo dos...»).

Nos liamos la primera vez en su coche. Una noche que nos quedamos a currar hasta tarde, con él revoloteando a mi alrededor mientras yo terminaba una presentación.

«Estás buena, estás buenísima», y la mano suelta, rozando, molestando, tentando... Despertando.

Y yo, que llevaba muchos meses separada y escondida en el trabajo, notaba la tensión sexual y el rechazo intelectual compitiendo, casi empatados en su feroz intensidad.

«Este tío es un mierda.»

«¿Le gusto de verdad?»

«Que me deje trabajar, joder.»

«¿Y si nos liamos qué?»

Un monólogo interior, el mío, muy poco profundo y cada vez más rendido.

Me llevó en coche a casa, me metió la lengua, me dejé, subimos.

Follamos.

Porque no hicimos el amor, simplemente follamos.

Bastó con eso: fue todo un descubrimiento.

Jaime se había metido coca y tenía la polla enorme, dura, como un homenaje.

«Sí que le gusto», pensé. Y le dejé hacerme de todo y lo hice todo con él, en estricta reciprocidad. De pie. Sobre un mueble alto, perfecto, al que me subió para entrar hasta el fondo.

—Por dentro eres aún mejor, Micaela. Eres la hostia. Me recibes y me agarras y no quieres soltarme.

Durante seis o siete meses follamos en todas partes. En su casa, en la mía, en viajes de trabajo, en su despacho, en el baño de la oficina («soy un clásico, pero me pone; me pone imaginarte y me pone hacerlo; vengo al curro verraco y no me sacio nunca, Micaela»).

Follábamos y él hacía como que trabajaba y yo hacía como que no le quería.

Pero le quería.

Le quería porque en el trabajo me valoraba. Le quería porque me hacía daño. Le quería porque sí. O, más bien, no le quería pero creía que sí.

No lo sé.

Lo que sí sé es que quería que me quisiera y por eso me dejaba humillar y utilizar. Y no digo que me dejaba follar porque eso lo hacía deseosa y ardiendo.

Hasta que le echaron.

Miguel seguía sin llamarme. Aquel año nuestra comunicación se producía en cadenas de mensajes que empezaba y concluía siempre él («¿todo bien?»; «sí, ¿tú?»; «*never better*»), y yo lo imaginaba feliz, asentado con su chica y con su bebé, con su hija Clara.

Jaime seguía metiéndose de todo y metiéndome de todo. Y yo creía, siempre creyendo lo que me daba la gana, que su pose de hijoputa era sólo eso, pose; y le quería sin querer, y me hacía daño al quererlo.

Manu seguía fuera, difuminándose y perdiéndome, perdiéndome porque me perdía sin él. Diego había cambiado de curro, crecía, viajaba y, cuando volvía, vivía ya con su chica y le debía tiempo.

¿Y yo?

Yo, aparte de Jaime, empezaba a ser.

Me gustaba mi trabajo y me gustaban algunos compañeros. Gente con mi edad y mis miedos, aunque parecían siempre más seguros, más estables y más serios. Éramos demasiado jóvenes para una empresa llena de «*friends and family*». Nos llamaban «los niñatos» y nos sentíamos invencibles porque no teníamos nada que perder: nosotros estábamos trabajando mientras los enchufados enredaban o vegetaban, según su carácter y su nivel de alcohol en sangre.

«Si bebes, no mandes», leí esta mañana en Linkedin, una campaña contra el alcoholismo de los directivos que no les llegará nunca.

Aquí es donde cabe uno de mis mejores paréntesis: Ana. Para evitar esas comidas (llámenlo botellones) de trabajo, me apunté a un gimnasio llena de escepticismo y de pereza, pero descubrí el yoga y a Ana. El yoga lo dejé, que soy inconstante con todo lo que me ayuda; con Ana me quedé para siempre.

Ana pinta y escribe, ya lo hacía entonces, pero sobre todo da luz. No nos vemos mucho, pero siempre estamos cerca. Ana fue mi camino y mi meta: existe la paz y está en ella. Me la imagino leyendo esto, sonriendo y meneando la cabeza con sus rizos rubios, «Ay, Mica... La paz está en ti».

—Sí, pero a mí se me escapa.

—Tranquila, que yo te enseño a contenerla.

Suena a secta y no lo es. Ana eligió el yoga y dejó su carrera de abogada pero nunca ha hecho proselitismo, simplemente vive feliz y soporta las histerias de sus amigos estresados, y los recibe en su casita, con su perro, su incienso, sus libros, sus lienzos... Y sus porros, y su gintonic bueno, y su sushi, que Ana no es asceta ni santa, claro que no.

—¿Y por qué eres monitora de yoga si hablas cuatro idiomas, tienes tres carreras y tu padre tiene el mejor despacho de abogados de Madrid, Anita?

—¿Y por qué no?

Cuando nos conocimos, Ana era mayor que yo, un alma sabia; ahora es más joven, un alma fresca. En medio, ha tenido a su bebé capicúa, su bebé mágico, que se llama Otto, como en *Los amantes del Círculo Polar*, pero no por eso, sino porque sí.

Supongo que Manu es mi sentido común, Diego mi cerebro y Ana mi alma. El corazón y las tripas, con sus torpezas, ya los pongo yo.

Por fin, después de varios avisos, echaron a Jaime.

Que una cosa es meterse coca, y otra que te detengan por pasarla, y que puedes ser un niño de papá con muchos contactos, pero nadie quiere tener en su empresa un camello disfrazado de ejecutivo prometedor, ni tampoco, ya puestos, un ejecutivo prometedor disfrazado de camello.

Antes de irse, Jaime tuvo un detalle. Fue a ver a Patricio y le dijo que sí, que dimitía antes de que lo echaran, como le habían pedido, pero que ya de paso también le confesaba que era yo, la divorciada, quien le hacía todo el trabajo, que no fuera torpe y me diera su puesto.

Patricio le interrumpió.

—Jaime, que no soy tan frívolo como parezco. Ya sabía de quién era el mérito, y no necesito que me digas lo que tengo que hacer. Pero...

—Pero ¿qué?

—Que te la has estado tirando, ¿no?

—No, técnicamente no. Sólo me la ha chupado una vez. Y lo hace de puta madre.

Jaime me contó el diálogo completo, muerto de risa, aquella misma noche, y yo no le encontré ninguna gracia.

«Pero, Mica, no te quejes, que he negado que nos estemos acostando para que no cuestionen tu ascenso, pero le he tenido que confesar parte de la verdad, joder. Y es cierto que la polla la chupas mejor que nadie.»

Manu bautizó aquella época como «los años que follaste peligrosamente». Y visto así, con perspectiva, es una descripción bastante precisa.

Porque algo había aprendido: quería ser tío, quería ser un depredador. Parecía más fácil e infinitamente más divertido.

Yo viajaba mucho por trabajo, iba a mercados de televisión y era una de las pocas. No de las pocas guapas, no; de las pocas mujeres. Menor de treinta, potable, soltera.

Lo oí todo y se lo oí a casi todos. Aquellos maravillosos padres de familia subían a un avión, se sentaban al lado de una chica y se convertían, de repente, en casados incomprendidos, divorciados dispuestos a rehabilitarse y hasta viudos dolientes de mujeres que, muy vivas, les esperaban en casa.

Daban mucha pereza y un poquillo de pena.

Yo no quería acostarme en Cannes, o en Los Ángeles, con un tipo cariñoso y seductor que me volvería a encontrar en Madrid convertido otra vez en sapo o, mejor dicho, en ejecutivo. No quería participar en esos concursos. Porque lo eran.

Competían en idiotez, estos señores tan formales. Y yo,

sexualmente, me quedé a vivir en el extranjero: sólo follaba con gente que vivía lejos.

Ana se instaló en Puerto Rico, y a cambio, por la ley de las compensaciones, Manu volvió a Madrid y se vino a trabajar conmigo, a hacer lo que yo había hecho con Jaime, a hacerlo mejor. Currábamos bien y mucho, y mientras sacábamos adelante nuevos acuerdos, programas, presentaciones y presupuestos, nos desahogábamos y hacíamos listas de ejecutivos.

Los clasificábamos y nos descojonábamos.

Los llamábamos «Reyes de copas» porque a la luz del día, en reuniones, no pasaban del «Hola, guapa», y una mirada entre coqueta y lasciva. Pero la noche es de los cobardes, o de los salvajes, o de los perseverantes. De los ejecutivos que con un «Uf, hoy me toca una movida del curro», tienen una excusa para no volver a casa, para no volver a sus vidas.

Trabajaba en la tele, ya lo he dicho, en un mundo teóricamente liberal, abierto y progresista, en el que se admiten todas las combinaciones siempre que el sexo sea consentido, en el que no hay juicios morales, en el que, sin embargo, hay mucha miseria, mucha mentira, mucha estulticia para algo tan sencillo como el «Me gustas. ¿Te gusto?».

No había fiesta en la que, con la copa en la mano, no viniera alguno a confesarse. Y eso fue lo que le conté a Manu en un mail desde Los Ángeles, refugiada en mi habitación mientras mis jefes y mis compañeros se cocían en el vestíbulo del hotel. Y Manu lo ha guardado siempre. Antes en papel, en su cartera, y ahora ya en su iPad reluciente, tan brillante como él y su reciente subida de sueldo.

Manu lo guardó para acordarse de no acabar nunca en una de esas categorías, y hace un par de años se lo prestamos a mi prima Sol para su blog, aunque casi acaban con ella los de siempre, los del sector crítico que se ofenden simplemente porque se reconocen.

El formal:

Con el anillo de casado y la corbata italiana, sufre. «Estoy enamorado de ti. Es un horror. Ni siquiera nos hemos besado y ya has provocado un terremoto.»

Da igual que le explique que estoy bien sola o que todas las noches hago el amor con el hombre de mi vida. Él ha decidido que me quiere y, en consecuencia, no me escucha. Lo mejor, cuando se acabe la copa («whisky con mucho hielo, y en copa de balón»), es darle la razón con cara compungida, que nuestro amor es imposible, que le espero en otra vida.

El matemático:

Sin anillo y también casado (por lo civil, que fue progre), presume de matrimonio abierto y me entra a saco. «¿Nos acostamos o qué? Que sé que te apetece. Me acabo la copa y nos vamos.»

Ojo, que éste bebe gintonic de Hendricks con pepino y sólo comparte con el anterior una crónica incapacidad para escuchar, así que tampoco discuto. Le digo que hoy no y él se pone insinuante. «Si no, llámame tú la próxima vez, que entiendo que te lo pienses, pero sé que quieres.» Vale. Espera sentado. Lo llamo el matemático porque él confiesa encantado que cree en las ciencias exactas: «Lo intento con el 100%. Así es seguro que alguna caerá. Es pura estadística».

El poeta:

Tampoco lleva anillo y está entre su quinto y sexto divorcio. Fue creativo y ahora sólo bebe y escribe. «Te he dedicado un verso. ¿Tú sabes que yo he publicado ya cien libros? Poema, ensayo, novela... Yo sólo sé crear, pero no soy Dios y no te pude crear a ti.»

No tiene una bebida preferida; se lo bebe todo. A diferencia de los otros dos, se cansa rápido de hablar de sí mismo y pasa a describirme: «tus ojos heridos, tu dulzura armada de inteligencia, tu...». Hay que tener cuidado, porque es tentador: mola oírlo y cuesta creer que es un discurso ya gastado en noches eternas y mujeres sordas. Además, es alcohólico y tiene un punto agresivo.

Podía haber alargado la clasificación, pero eran mínimas variaciones de un mismo patrón: directivo, casado, cincuentón. Hombres que me hablaban de incomprensión y de haber sobrepasado a una mujer adocenada; hombres que me miraban y creían ver en mí su juventud: listos, guapos, ilusionantes e ilusionados. Hombres patéticos.

Cuando empecé con el yoga odiaba el saludo al sol porque cada profesor lo hacía diferente y sólo Ana encontraba la manera de que tuviera sentido aquella coreografía lenta y poco armoniosa. Sin embargo, me aficioné a la postura del perro boca abajo porque me hacía mirarme hacia dentro y, al mismo tiempo, estirarme hasta el límite. Podía pasar clases enteras así, creciendo.

Creciendo a escondidas.

Ana decía que me tenía que querer. Yo le decía que me tenían que querer.

Nos enredábamos.

Ana y yo tenemos una cosa en común, y es que siempre nos han durado poco los hombres. Claro que de distinta manera: Ana siempre ha tenido novios que la veían y la querían bien, tranquilos, cariñosos, inteligentes, creativos... Novios que eran tan amigos suyos que al final sólo eran eso, que no es poco. Yo, después de mis nórdicos y de Miguel, sólo he tenido rollos que me miraban y se veían, que decían quererme y se querían.

Parece que me quejo de los tíos. Y no. Me quejo de mi criterio. Porque los hombres que yo he tenido más cerca, mis dos hermanos punkies y borricos, mis dos amigos sabios y peleones; son divertidos, inteligentes, optimistas, luchadores, solidarios, empáticos y chinchosos. Y yo me he quedado con otros, voluntaria y conscientemente.

—¿Y eso, Mica —me decía, me dice Ana—, por qué? Porque, tía, yo quiero estar en paz, pero también quiero ser feliz. Y si no lo soy, paso a otra cosa. ¿Pero tú por qué entras en esas relaciones de las que sabes, seguro, que vas a salir escaldada?

—Pues igual por eso, Anita, para saber que voy a salir.

—Necesitas más yoga.

—No, que me sienta bien.

Ana y yo no hablábamos sólo de hombres. Hablábamos y hablamos de la vida, nos reímos, nos enviamos poemas y, en general, nos queremos con palabras y con versos. Uno que me mandó en aquella época de tanto polvo se me quedó grabado para siempre: «Nunca es triste la verdad; lo que no tiene es remedio».

Porque a Ana siempre le ha parecido, como a mí, que lo peor de los hombres que quieren un polvo es que te prometan amor y que te mientan, con lo mayores que somos, que ya éramos, y lo que siempre nos ha gustado el sexo.

Y el sexo, a veces, no va solo.

Parece hasta soberbio hablar del sexo que negué, y del que tuve en aquellos primeros años de ejecutiva inconsciente y feroz. La verdad es que fue sexo y también fue desamor. Porque el desamor es a veces desamar a alguien, dejarle de querer, pero también lo contrario del amor, su ausencia, el vacío que sientes y no llenas.

«Repite conmigo, Mica, que "siento y no lleno". Que es muy pesada esa manía tuya de hablar en segunda persona del singular de las cosas que te pasan a ti.»

Ana lleva toda una vida intentando que asuma la primera persona y no hay manera. «Pues vas dada, tía. Lo externalizas para no aprendértelo y estás condenada a repetirlo.»

Ana ya era sabia.

Pero nada. Esto del dolor lo pronuncio en segunda persona aunque de vez en cuando me corrijo. «Que no a todos los tíos los dejas tú como si nada. O yo, mejor dicho. No a todos los tíos los dejaba yo como si nada, algunos me dejaban a mí y me dejaban arrasada y yerma. Todo muy dramático, muy intenso, nada que no se pudiera resolver en una sesión de paz con Ana y de copas con los chicos. Con la complicidad y las risas de mis amigos y un par de pelis buenas.»

Manu quiere intervenir en este punto, dice que tiene derecho, que se ha tragado todos y cada uno de mis desengaños y mis rupturas. Es cierto.

—Hablas en plural y parece que en un año te dejaron veinte, y tampoco, a veinte los dejaste tú.

—Vale, a mí me dejaron sólo dos, y fueron suficientes. Y yo sólo dejé a los que no tuve que haber empezado.

—Desde que estás en Twitter, Mica, tus frases son breves, crípticas e incluso absurdas. Hablas como una poeta revolucionaria, como una pancarta.

—Ya, en cuanto lo perfeccione, tengo que encontrar la manera de rentabilizarlo.

—Pues lo llevas claro, porque yo en Twitter veo mucho ego, mucho grito y poquísimo dinero.

5

Cambios

El trabajo empezó a cansarme: consistía en decir que no a los malos y sí a los buenos, pero sin que se supiera quiénes eran unos y quiénes los otros, porque el criterio cambiaba según el viento que soplara en el Consejo de Administración. Yo compraba derechos audiovisuales para la cadena. A veces a empresas incuestionables, a veces a otras dudosas. Cuanto más dudosas, más se afirmaban:

—Mira, bonita, tú no sabes quién soy yo. Soy amigo del presidente, y si no me aceptas este precio, volverás a oír de mí. Y no te gustará.

—(...)

—Micaela Salazar, dices que te llamas. No te conozco, no me conoces. Pero los dos nos vamos a acordar. Si me dices que no, me acordaré de la putada; si me dices que sí, me acordaré de que te debo un favor que algún día querrás que te pague.

Y así.

Un planazo.

La versión oficinesca, corrupta y cutre de *El Padrino.*

Afortunadamente, Patricio, el hombre de los tirantes verdes, había nombrado un consejero delegado guapo y honesto, un Cary Grant en versión gestor, que me escuchaba y confiaba en mí. El mejor jefe que he tenido. Sus reuniones duraban media hora y siempre preguntaba: «A ver, Mica, tú que conoces los detalles, ¿qué harías?». Y lo normal era que me escuchara y concluyera diciendo: «Perfecto».

Este Cary es otro de mis hombres buenos. Nos vemos en cada cambio de trabajo: le pregunto mucho, él me contesta poco, y yo no le hago ningún caso.

Así me va.

No le he llamado todavía para decirle que estoy en paro. No le he llamado porque no me va a ayudar, no puede y no quiere; pero, sobre todo, no le he llamado porque me da vergüenza no haberle escuchado.

Y entonces, siempre a esa hora que sobrepasaba todos los límites y cualquier *cut off time* medio sensato, me llamaba Miguel, que había vuelto a mi móvil y a mi vida, conservando esa manía de la conversación nocturna que yo nunca he podido soportar.

Además, tres o cuatro años después de separarnos, Miguel para mí seguía siendo Miguel. Pero él había cambiado e insistía en ser mi «ex»:

«Hola, Mica, soy Miguel, tu ex. Necesito verte.»

La primera vez lo escribió en un SMS y yo le contesté en silencio: «Que no me expliques quién eres, que te llevo dentro, que me hiciste como soy. Y llámame, que prefiero oír tu voz y adivinar en tu tono lo que me dices y lo que no».

Adivinar, o mejor, confirmar, que soy su plan B, que siempre lo he sido.

Lo fui cuando no quería tener la vida de sus padres, y lo volví a ser a mis veintitantos y sus treinta. Separado por segunda vez, muy joven, muy pronto, muy tarde también, probablemente. Con una niña pequeña.

Digo su plan B y no su paño de lágrimas porque yo no tenía tiempo y, sobre todo, él no tenía lágrimas. No le dio pena separarse de Mar, decía, y replicaba, casi letra a letra, la excusa que yo había utilizado con él: «La dejo porque no puedo hacerla feliz».

Lo que me costó más descifrar (me costó unos diez años, de hecho) fue que había sido una decisión de Mar: que se iba de casa y que Clara se quedaba con él. O no exactamente así, pero casi: siempre menos dos fines de semana al mes.

Porque los tópicos funcionan a medias, y ni todas las mujeres quieren extorsionar a sus ex maridos, ni son todas unas santas que renuncian a la vida por sus hijos. Cada una es madre a su manera. Y esto no es una crítica; al contrario, es una defensa de la diversidad y, sobre todo, de que las mujeres sean madres y mil cosas más, empezando por ser personas.

La decisión de Mar devolvió a Miguel a mi vida. Con la retaguardia cubierta por una buena canguro, disfrutando de una hija maravillosa, una casa perfecta y una segunda ex mujer pacífica y clara.

Intentando, también tranquilo, recuperar a la primera:

—Vente a casa y vemos una peli.

—Salgo tarde del trabajo.

—Pues te vienes y te hace la cena la canguro.

—Que no me escuchas, que no quiero ver a nadie, que estoy cansada.

—Y yo te necesito. Y te necesita Clara.

—Miguel…

—Vale, ya sé que no es tu hija, y que tú eres mi ex, pero también eres la mujer de mi vida y su única referencia. ¿Te lo puedo suplicar?

—No. Y no soy su referencia, no tengas morro, que Clara tiene una madre.

—Vale. ¿Te lo puedo pedir?

—Tampoco.

—Pues te lo exijo.

Conseguía hacerme reír y yo no iba.

No.

No.

Sí.

—Miça, Mica, ¿hoy traes champán?

Así me recibía siempre Clara, dando saltitos y pequeñas voces, encantada de hacerme reír.

Miguel volvió cuando yo me estaba yendo.

Me estaba yendo de la gran cadena de televisión que me había hecho ejecutiva, alejándome de la sospecha de estar liada con Cary Grant, el consejero delegado, ese jefe honesto, atractivo y casado que coqueteaba conmigo abierta y tranquilamente, siempre fuera del horario laboral.

A mí me gustaba mucho Cary, que conste. Pero en aquella empresa, tan liberales ellos con los contenidos, no se podía uno acostar con alguien del curro, con intimidad y porque sí, salvo que él fuera odioso, tú te resistieras y tus compañeros estuvieran de acuerdo en el sacrificio. O sea, las mujeres sólo podíamos ser víctimas salvo que fuéramos —ay— zorras ambiciosas frente a algún pichafloja inocente.

Y a mí no sabían bien cómo catalogarme, mi verdad no les parecía plausible a esa panda de atechados aburridos y envidiosos. Mi verdad era que yo curraba como una bestia y, al mismo tiempo, era brutalmente ingenua. Con Cary y en general.

Creo que él coqueteaba conmigo por deformación profesional y pocas ganas, consciente de que si remataba yo me quedaría colgada, con un enamoramiento pigmalionesco, perruno y tontorrón, esperando que me construyera a su medida. Pero como parezco dura, le seguía la corriente, respondiendo a sus requiebros con ironía cierta y frialdad fingida, y un día, cuando me ascendieron por sexta vez en tres años y la envidia se volvió demasiado densa, le pedí que lo hablásemos.

«Si creen que me asciendes porque nos acostamos...»

—No nos acostamos, ya me gustaría.

—Digo que si creen que me asciendes porque nos acostamos, el que queda como un imbécil eres tú.

—No, Mica, como un campeón que se tira a una de las cuatro tías más monas de la cadena.

—Quedas como un imbécil que dirige la empresa con la polla.

—No seas bruta.

—Como un imbécil.

—Mica, ahora en serio, no seas imbécil tú; y tampoco seas ingenua, que ya no te lo puedes permitir. A ver: a los hombres estas cosas no nos duelen ni nos pasan factura; te duelen a ti, que te dejas la piel trabajando para que luego murmuren a tu paso los vagos y maleantes a los que no puedo despedir porque tienen un enchufe histórico.

—¿Y entonces?

—Pues... nos deberíamos acostar. Para que al menos hablen con razón.

Siempre sonreía travieso con esa propuesta, pero al final ya no le hacía ni gracia. Por eso Cary se puso serio y me recordó que tenía dos opciones: endurecer la piel y dejar que todo me resbalara (todo incluyendo los comentarios indirectos e insultos directos) o... «irte, Mica, irte con todo lo que has aprendido aquí, a una empresa que te contrate por lo que has llegado a ser, por lo que eres; irte a una empresa en la que ya llegues con todo ese bagaje profesional consolidado, en la que no se te cuestione porque ascendiste demasiado rápido. Eres buena, Mica, pero aquí has crecido porque alrededor hay mucho bobo. Vete a otro sitio, crece más y vuelve. Si yo estoy aquí, tienes el puesto asegurado. Ya habrás pasado los treinta, y tu juventud no dolerá tanto a los mezquinos; aparte de que, en algún momento, cambiará el gobierno y podremos hacer limpia… Siento ser tan sincero, pero es lo que hay. Y otra cosa, Mica, también tienes que sonreír un poco, que vas triste por el mundo».

—Triste no, acojonada. Si sonrío piensan que me insinúo. O que soy una sobrada. Si sonrío me hacen daño.

—También pueden pensar que eres amable y feliz.

—(…)

—Sonríe, Mica.

Y así, por consejo del mejor jefe que he tenido y cuyo nombre recuerdo pero no cito (él sabe quién es, yo sé que deberíamos haber producido en casa nuestra propia versión de *La fiera de mi niña*), caí cerca del peor, de un hombre de nombre bonito y alma podrida, cabeza de una nueva macroempresa de contenidos on line, un delirio megalomaníaco pagado por un viejo monopolio.

Como no podía endurecer la piel, después de consultar a Manu («no te puedes quedar así, y tampoco te puedes ir»), a Ana («vente a Puerto Rico, yoga en el mar») y a Diego («vete y aprende, que tú y yo acabaremos trabajando juntos»), decidí alejarme de las hienas y encomendarme a mi primer *head hunter.*

Supongo que ahora, cuando ya no hay vacantes en ninguna parte, ha cambiado el enfoque, que hay más *coaching* y más empatía, menos manual, pero sigue siendo algo estrambótico que un tipo cuyo trabajo es totalmente distinto al que has hecho y al que vas a hacer, que no conoce la empresa de la que vienes ni a la que vas, decida si pasas ese filtro decisivo.

Más los tests psicológicos, las referencias, la documentación y, por supuesto, esas preguntas trampa que ojalá también hayan evolucionado:

«¿Confías en mí? Porque mi cliente también eres tú y conseguir de ti una carrera larga y productiva. Empezamos...»

—¿Cómo ves tu carrera profesional en cinco años? ¿Y en diez?

—¿Tus mayores virtudes?

—¿Tus mayores defectos?

—¿Logros?

—¿Qué querrías haber sido cuando ya no puedas ser nada?

Y, de repente, por sorpresa, un «¿Y por qué no te casas y tienes hijos?». *A ver qué contestas, venga, rápido, comprobemos que la empresa acierta al invertir en ti sin que nos salgas machorra y conflictiva. Corre, niñata, que la agilidad es clave…*

Para mí el feminismo tiene sentido en la práctica y no como una teoría apolillada: yo asumo la igualdad, y el que no, que me lo diga, me lo argumente o me lo esconda; haga lo que haga, yo voy a seguir agarrada a mis derechos, los mismos de ellos, los de todos.

Pero… Pero nunca he soportado esa pregunta y menos si viene de un *head hunter* paternalista que tiene cuernos de cabra montesa en la pared.

Le miré con ira. Y ya. Ese silencio fue la respuesta adecuada. Cambiaba de trabajo.

Manu está empeñado en recordarme que él me desaconsejó el cambio. Y reconoce que fue por egoísmo, que le aterraba quedarse solo en aquel nido de víboras, aunque no esperábamos que yo cayera en brazos del escorpión.

—Venga, va, define acoso, Mica...

—No me jodas, Manu.

—Que sí, tanto jefe ligón... Tú ya sabes lo que pienso de las «entraditas españolas», de esos coqueteos casi deportivos, que son inocuos.

—Ya.

—Y lo que pienso también de las mujeres que van de víctimas y de guapas y se inventan acosos donde sólo hay juego.

—Ya.

—No me digas «ya», coño. Define acoso tú, venga, que yo soy tío y no puedo.

—Sí puedes.

—No, porque en este mundo políticamente correcto y patéticamente incorrecto, los tíos no podemos hablar de ciertos temas.

—... No sé, Manu, para mí es acoso cuando, de verdad, un tipo con la capacidad para hacerte daño profesionalmente te amenaza si no le sigues el rollo.

—Con lo lista que eres para algunas cosas, lo mal que te explicas en otras, Mica.

—(...)

—Tú has sido víctima de acoso, Mica, eso lo tengo claro, pero la definición no vale, que te ha quedado de colegio de monjas.

—Uf... Por partes. Lo primero es que tiene que existir esa relación, que el tipo tenga capacidad de joderte la vida.

—Poco fina, pero más clara.

—Lo segundo es que te lo recuerde cuando lo rechazas. No necesariamente exige que te acuestes con él, sino que le aguantes humillaciones ridículas.

—Vas mejor.

—Voy a la RAE, que me tienes harta. «Acoso sexual: El que tiene por objeto obtener los favores sexuales de una persona cuando quien lo realiza se halla en posición de superioridad respecto de quien lo sufre.»

—(...)

—¿Estamos de acuerdo? Gustarle a tu jefe, que te entre, no es acoso. El acoso exige amenaza de represalias y una posición de poder.

—Tampoco dice eso el diccionario.

—Pues debería. No es acoso gustarle a tu jefe de verdad. Pero yo a Jacobo no le gustaba...

Manu dice que si nos reímos lo exorcizo, y yo no sé cómo demonios ha conseguido conjugar el verbo «exorcizar» sin haber bebido más que una copa, pero los dos sabemos que estoy procrastinando nerviosa, que no quiero hablar de Jacobo, que aún tengo miedo.

Respiro.

Ya.

Fue hace diez años.

He dicho varias veces que era una ingenua y lo digo de verdad; en todos los sentidos, incluyendo el empresarial: todavía pensaba que si una multinacional elegía y mantenía en su cabeza a un hombre era porque valía. Tan convencida estaba que lo primero fue sentir culpa: «Algo habré hecho».

Si yo fuera una feminista de libro, pensaría que ése es el síndrome triste y crónico de todas las mujeres, herencia de una cultura machista. Pero no, no soy una feminista de libro y sólo pienso que es el síndrome triste y crónico de toda la gente insegura. Que no lo parezco pero lo soy, y al no parecerlo, no encuentro piedad.

—Tú pareces dura, pero porque no saben cómo besas...

Hablando de «parecer», ésa fue, casi, la segunda frase que me dijo Jacobo. Y ése es el punto. El punto de humillación y de vergüenza. Y no habíamos llegado a la amenaza.

Aunque para entenderlo, hace falta reproducir el tono exacto: el tono lascivo de un mierda que sabe que no es atractivo pero sí poderoso.

Conocí a Jacobo sin saber quién era.

Quiero decir que un día cualquiera, a las pocas semanas de estrenar mi puesto, recién fichada como experta en contenidos audiovisuales en esa macroempresa de la nueva economía que tardó poco en desinflarse más que la vieja, entré en una sala de reuniones y descubrí que era la única sin corbata, la única mujer, la única menor de treinta.

Era una reunión importante porque se trataba de anticipar y paliar las consecuencias de una fusión (riesgos, duplicidades, despidos, incumplimiento de contratos, etc.), y cuando dos grandes empresas se fusionan es como *Duelo al sol* pero multiplicado por mil: cada ejecutivo tiene, al otro lado de la mesa, al tipo que hace exactamente su mismo trabajo.

Uno de los dos debe desaparecer.

¿Y yo?

Yo no, porque yo era periodista y hacía cosas muy raras (o sea, contenidos y televisión) en ese mundo de financieros y camisas con las iniciales bordadas.

Esta vez el paréntesis no me lo pide Manu, que se ha ido a la cocina de Miguel a buscar alimentos con los que empapar el gintonic (y a llamar a Marta a escondidas, y decirle que sí, que parezco entera... Ay).

El paréntesis lo pongo yo recordando a Ana, que me manda un whatsapp cada doce horas, «Te quiero», «Vente al mar», «Micaela es el nombre de una estrella...». Ana y yo hablábamos mucho entonces de las camisas bordadas, no las entendíamos y eso que nos habíamos criado cerca de ellas, las dos en colegios pijos.

—Pero ¿por qué se las bordan?

—¿No se acuerdan de cómo se llaman?

—¿Viven con otros hombres con camisas idénticas?

Un día nos pilló mi hermano Jon y nos lo aclaró: «Parecéis idiotas. Es todo más simple: quieren que se note que esas camisas tienen un toque artesanal porque ellos pueden pagarlo».

—Pues la idea de un montón de hombres compartiendo armario era mucho más bonita... —insistió Ana.

Ellos con las camisas bordadas, yo en vaqueros.

Se pusieron a hablar de balances, presupuestos y recursos («recursos», por cierto, significa personas para esta gente sin alma y para algún otro sinsorga que me he cruzado más tarde) y, en algún momento, dijeron algo demasiado estúpido.

Interrumpí y noté que, en el centro de la mesa, un hombre con cara de obispo (lo digo sin acritud anticlerical, pero era coloradote y tenía las mejillas húmedas, como yo me imagino a los obispos antiguos después del chocolate, los picatostes y lo demás) se giraba hacia mí y sonreía para sí.

En realidad, me miraron todos, y yo pensé que era sólo la extrañeza de oír un poco de sensatez y un campo semántico sencillo y comprensible que no incluía aquello de la «sensibilidad de la cuenta de resultados» y el «amueblamiento del balance».

Pero acabó la reunión y el obispo me agarró del brazo. Miré a mi jefe y se encogió de hombros en un gesto de disculpa que no quise o no supe interpretar.

—Tú te vienes conmigo —dijo el obispo.

Y me metió en un ascensor que tenía bloqueado para su uso exclusivo (bloqueado y con ascensorista propio, por si no sabía apretar un botón, supongo) y me preguntó:

—¿Quién eres?

—Micaela. Micaela Salazar. La directora de...

—Vale, la periodista. Ya sé quién.

Y entonces me dio dos besos tipo Lucho, dos besos no solicitados ni deseados; dos besos nada educados de esos que resbalan hasta la boca y te dejan mal cuerpo y mala conciencia. Y asco, y rabia, y culpa, e impotencia.

«Has estado bien en la reunión. Tenía sentido lo que decías, y además has sonado segura. Tú pareces dura, pero porque no saben cómo besas.»

Y con esa frase sí me hizo sentir humillada, y sucia. Porque no le podía dar una patada en los huevos, ni escupirle, ni salir corriendo. Porque era el jefe de mi jefe y me lo soltó a traición, muy rápido y muy claro.

Se había presentado.

«Soy Jacobo de Leceta, presidente de la empresa en la que trabajas, el jefe de tu jefe, lo cual significa que me debes doble obediencia por el lado jerárquico, y si comparas mi sueldo con el tuyo puedes multiplicar la obediencia por cien o, mejor, por infinito.»

No quise escucharlo y lo olvidé, como un mal sueño.

Me habían hablado de él, pero su despacho estaba en otro edificio. Casi no lo iba a ver, ¿no?

No.

Mientras yo trataba de encontrarle los valores (¿inteligencia?, ¿sagacidad?, ¿talento?) que justificaran su cargo y su sueldo, él me llamaba cada semana. Quiero decir que me llamaba, me mandaba un coche y me sentaba a su lado durante una hora con algún pretexto absurdo.

O sin pretexto.

La primera vez que me citó, yo, inocente y leal, avisé a mi jefe. «Me ha dicho Jacobo que tengo que ir a verlo. No quiero que pienses que te puenteo.»

Y en la mirada de mi jefe creí ver lástima. Pero no me dijo nada.

La segunda vez que me llamó Jacobo, yo, menos inocente, más cauta y aún leal, avisé a mi jefe y, sobre todo, le pedí explicaciones. «No puedes dejar que me haga esto. No me hagas ir sola.»

Y en la mirada de mi jefe vi impotencia, y algo de compasión, y bastante vergüenza. Luego se dio cuenta, se tapó la expresión, y no pude ver nada.

Mi jefe no me iba a ayudar.

Y eso que le había contado la verdad: que Jacobo pedía fruta y, cuando se la traían (uvas peladas y sin pipas), cerraba el despacho y me intentaba alimentar.

Por la fuerza.

El primer día me negué y seguí hablando de trabajo mientras él me observaba con curiosidad. El segundo día se me vino el mundo encima… Porque, como en las películas malas de los setenta, me gritó: «Tú no sabes con quién estás hablando. ¡Te he dicho que comas!».

—No. Gra-cias.

Lo dije despacito y lo dije firme. Jacobo me miró y entrecerró los ojos: «Supongo que no, que no sabes con quién estás hablando. Estás hablando con el hombre que puede despedirte y puede hacer que nunca jamás vuelvas a trabajar. ¿Lo entiendes?».

—Sí.

—Ahora quiero que…

No puedo ni escribir lo que me exigió.

Me levanté temblando, descorrí el cerrojo, salí, cerré la puerta.

No lloré hasta que empezó a descender el ascensor.

A mí me gustaba mi trabajo. Creía que estábamos construyendo el futuro de los contenidos, abriendo lo que entonces era una ventanita olvidada y ahora son miles de pantallas que te asaltan por todas partes.

Digo esto porque es importante. A veces, casi siempre, un trabajo es más que un sueldo, unos compañeros y un sitio donde pasar ocho horas. Y entonces el acoso no es sólo humillante, injusto, doloroso y cruel; no es sólo un delito contra una persona, sino contra la sociedad.

Me di un paseo de mil horas, o dos mil, o un millón. Y no fueron suficientes. No había cambiado nada. Repasaba las palabras de Jacobo y seguían siendo las mismas. Mis opciones también: ninguna.

Cuando se me acabaron las horas y quitaron las calles, llamé a mi jefe directo. Podría haber llamado a Manu, a Diego, a Ana o a Miguel, pero me daba vergüenza y no me iba a servir de nada. Yo necesitaba verdad, y justicia. Mi jefe, claro, no me cogió el teléfono. Me fui a casa. Me tumbé. No dormí. Me levanté. Fui a la oficina. Me senté.

En la puerta del despacho de mi jefe, claro.

Y esperé.

Vino, le conté todo y él no dijo nada.

Nada.

Nada.

Y más nada.

—Necesito que me prometas que no voy a volver a verle.

Nada.

Mucho rato de nada.

Una tremenda sobredosis de nada.

Y, por fin, algo de verdad.

—No puedo. No puedo prometértelo.

Y volví a llorar. Y a estar sola. Y entonces, sí, llamé a Manu, que me recomendó denunciarlo, y yo no le hice caso porque no habría vuelto a trabajar nunca. Habría sido catalogada oficial y judicialmente como una tía conflictiva y peligrosa, como una apestada incontratable.

«En el curro ganan los malos, Mica, no es como las pelis del Oeste que te gustan», me decía siempre Manu. «Tienes que exigir justicia.» Cierto. Yo he soñado siempre con un jefe listo, fuerte y honrado como John Wayne, pero no, salvo en mi vida con Cary Grant, he oscilado entre «El feo, el tonto y el malo», en plural y en singular, en masculino y en femenino, y traicionando el espíritu y el título de uno de mis westerns favoritos.

Me pasé dos días en casa; somatizando, que es gerundio. Fiebre y amigos con los que no podía hablar pero a los que necesitaba oír.

«Sí que es acoso, pero tienes que elegir tú los tiempos. Vuelve a la oficina, llama a un *head hunter,* llama a tu *head hunter.* No tienes por qué aguantar un delito, pero tampoco tienes por qué rendirte tú. Que se rinda él.»

Esa misma era la opinión de Ana. «Cierra los poros. Tú eres más fuerte que él.»

La fiebre no me curó pero sí me aclaró los sentimientos: ansiedad, miedo, vergüenza y rabia. Así que llamé a la secretaria de Jacobo y conseguí una cita.

Entré en su despacho temblando y no le di ni los buenos días.

—Si no me respetas, despídeme, pero rápido. Si no, si crees que soy buena en lo que hago, déjame en paz.

Tenía preparado un discurso más largo, más brillante y más hiriente, pero sólo tuve fuerzas para pronunciar esas dos frases, muy rápido.

Jacobo me miró:

—¿Has terminado?

—Sí.

—Creo que eres buena en lo que haces.

—Entonces, déjame en paz.

—Micaela, ya has ganado. Ahora vete.

Cumplió: nunca más volvió a verme a solas, nunca más volvió a tocarme, y yo trabajé allí tres años más.

Si yo le hablé sin fuerzas, ¿por qué se rindió? Supongo que vio que no me iba a dominar, sino a romper. Y es que es eso, que a veces, cuando alguien se empeña en tensar la cuerda, la gente no crece ni se rinde, simplemente se rompe y se va, o se va antes de romperse.

Miguel me había acompañado el día de la gran conversación. Con la moto casi en marcha, como un caballero moderno, casi deseando que todo fuera mal y que tuviéramos que salir corriendo. Porque, además, Miguel echaba humo.

Estaba furioso. Con Jacobo, con mi jefe cobarde, con las empresas que se dejan dirigir por petimetres, ególatras y delincuentes, hasta conmigo por no huir con él. Pero también estaba aliviado, porque por fin yo le había pedido ayuda, por fin podía hacer algo.

Tener la moto en marcha y poco más.

Como Manu, me había aconsejado que lo denunciara, que lo metiera en la cárcel o lo sacara en algún confidencial. Pero también había respetado mis razones para no hacerlo.

Y allí estaba, con un casco en cada mano, cuando yo salí del despacho de Jacobo, nerviosa todavía, pero en paz.

—No va a hacer nada, no me va a hacer nada.

Fuimos y volvimos en moto, abrazados y seguros.

Y no fue suficiente.

Fue Manu quien me contó semanas después que Miguel le había pegado un puñetazo a Jacobo. Lo cito textualmente: «Le metió una hostia que lo dejó seco».

Jacobo no reaccionó. Estaban en un restaurante y lo saludó porque el mundo es muy pequeño y Miguel era hijo de un amigo de un amigo de Jacobo. O algo así. Pero Jacobo nunca supo de dónde salía la fuerza de Miguel.

¿La fuerza?

La hostia.

Venga, vale, lo confieso: nunca he sido la típica tía que se muere por los malotes, pero aquella escena de Miguel, tan guapo y tan burro como Lobezno, me pareció grandiosa.

La bondad y el amor de Miguel están, han estado siempre, por encima de los malos y los cobardes.

Y me dejé querer.

Y le quise otra vez.

Aparcamos la moto en casa y no salimos en un par de días.

Sin sexo.

Con Clara.

Clara, con cuatro o cinco años, me gritaba «Mica, Mica», y me daba besos de mariposa, y me quería, y me dejaba quererla, y no me hacía preguntas.

Miguel, con treinta y tantos, me abrazaba como un oso, me hacía la cena y me acariciaba la oreja, el cuello y la nuca con la punta de los dedos.

Miguel era paz y amor.

6

Análisis

«A ti lo que te pasa es que no te pone bruta.» Ana, que mucho yoga y mucha paz, pero nunca se ha cortado un pelo. «¿Qué te dice el psicoanalista?»

Lo del psicoanálisis no sé cómo ponerlo en el CV.

Debería.

Después de tantos años de terapia, me conozco mis defectos y, aunque no los he conseguido corregir del todo, no los pago con nadie. Eso tiene que ser un plus a la hora de que te contraten.

El psicoanálisis es como sentarte delante de un espejo y mirarte fijamente hasta que dejas de ver tu exterior y empiezas a verte por dentro. O sea, un horror y un aburrimiento.

Mi primera vez fue después del accidente: tenía tan poco interés que ni siquiera me sorprendió la ausencia de diván. Había dos butacas idénticas y, entre ellas, un sofá.

David se presentó dándome la mano y yo me senté frente a él.

—Te cuento —me dijo—, esto no es magia. No estoy aquí para darte soluciones, estoy aquí para que las descubras tú sola. Yo apenas voy a hablar.

Le miré fijamente.

—Lo que quiero decir es que no es fácil, es un trabajo que tienes que hacer sola, que nadie puede hacer por ti.

«Discurso oficial... —pensaba yo—, qué coñazo.»

—¿Por qué estás aquí, Micaela?

—Porque me lo ha pedido mi madre.

—¿Por qué?

Y a partir de esa pregunta que yo no contesté, pasamos cuarenta y cinco larguísimos minutos en silencio, retándonos, en una guerra de voluntades que conseguí empatar.

Para nada, claro.

—Se ha acabado el tiempo —me dijo, imperturbable después de mirar su reloj—. El jueves a la misma hora.

—¿Y para qué si no vamos a hablar?

—El que hablemos depende de ti, Micaela.

Volví. Creo que no hablé de verdad hasta la tercera sesión, aunque en la segunda llegué a preguntarle si no podía hacerlo fácil.

«Mira, acabo de tener un accidente y mi padre murió cuando tenía catorce años. Igual me puedes hipnotizar, retrotraerme a ese día, dejar que me despida de él, como en las pelis cursis, y acabamos en quince minutos. Porque, además, ni siquiera nos caemos bien.»

—¿Es eso lo que quieres?

—Yo lo que quiero es no tener que venir.

—Esa opción ya la tienes. No vengas si no quieres, Micaela.

Siempre, siempre, siempre, y fueron quince años, yendo y dejando de ir, me llamó Micaela. A pesar de que sé que aprendió a quererme mientras yo aprendía a respetarlo.

Seguimos retándonos cada día, pero, poco a poco, algunas veces más y otras nada, le fui contando cosas. Nada muy contundente, nada claro. No tenía tampoco un problema concreto: era un poco rara, como todos; inconformista, como muchos; solitaria, como bastantes. Eso y que tenía y tengo mal criterio con los amantes y muy bueno con los amigos; que era y soy capaz de encontrar y regalar a los demás lo que nunca he podido darme a mí.

No sé.

No es tan insólito ni tan interesante.

David no identificó ese gravísimo trauma de infancia que me apartó del resto de la clase. Tampoco me descubrió un talento que me hiciera encontrarme conmigo misma.

Algunos días hablaba sólo por llenar el silencio. Lo que había comido, lo que había bebido, lo que me habían dicho por la calle. Otros no le decía nada.

En psicoanálisis hablas en alto para aprender a escucharte y elegir: escuchas tus exageraciones, las teorías que ni tú mismo te crees, tus excusas y hasta tus verdades. Lo escuchas todo, hasta lo que no dices.

Y, a partir de ahí, es cosa tuya. Quiero decir que puedes seguir como siempre, pero no es fácil, porque vuelves a consulta y una y otra vez te oyes caer en lo mismo. Cambia tu entorno y no cambias tú, y entonces acabas cambiando, despacito, casi sin fe.

—Todos tenemos siempre el mejor comportamiento posible, Micaela —me decía David.

Y a mí hasta el final me costó creerlo y a él no le costó insistir:

—No te juzgues, no te castigues. Según las circunstancias, has actuado lo mejor que podías. Otra cosa es que ahora sepas más y que, si te vuelve a pasar, quizá tengas ya recursos para actuar de otra manera.

Bonita teoría. La práctica es mucho más difícil.

Al escucharte y conocerte, también te quedas sin excusas. Por eso lo dejé hace años: como los dibujos animados, corría en el aire, sin avanzar, en un *déjà vu* claustrofóbico y absurdo.

Lo dejé porque me aburría de mí misma. Lo dejé porque me daba pereza ser yo. Lo dejé porque no lo necesitaba. Lo dejé porque sí.

Aunque reconozco que David me ayudó en muchas etapas extrañas y dolorosas, pero siempre me ayudaba a posteriori.

Y eso también es cansado; tener delante a alguien que no se equivoca porque ni dice ni hace. Alguien con infinita y estruendosa paciencia que siempre está esperándote, como si hubiera sabido desde el principio dónde, cómo y cuándo te vas a equivocar.

Un minidios que te cobra cien euros por sesión. Un listo que, cuando ya te has dado un tortazo, te explica por qué, cómo y dónde tropezaste.

Dejé de ir, en el fondo, porque ya sé entenderlo sola y sigo sin tener ni idea de cómo evitarlo.

Pero David me ayudó. Y aquella vez, sólo aquélla, consintió en darme unos antidepresivos que me levantaran del terror y me dejaran ir a la oficina sin temblar. Que una cosa es que el obispo dijera «nunca más» y otra volver, y volver, y volver, aportando, a una empresa que preside un acosador pequeñito, y salir de la cama del oso bueno que siempre está dispuesto a abrazarte, y recuperar tu vida, y hacer como si nada cuando ves a tu madre, y…

Que me había ganado las pastis, y ya.

Indicaciones: acoso, pánico, depresión. «Son quince días los que tardan las pastillas en hacer efecto.» Eso me dijo David. Fuera verdad o placebo, yo a los quince días, me duché, me vestí y me fui a trabajar.

El trabajo es salud.

Trabajar cura y los jefes matan.

—Esa frase es bonita, pero no te la crees ni tú.

—No.

En el jardín de casa de Miguel, Ana y yo bebíamos un zumo de zanahoria y sonreíamos al mundo. Ella acababa de volver de Puerto Rico para intentarlo una vez más en Madrid con un novio brasileño.

—Te tenías que haber quedado con tu primer jefe.

—Y con mi primer marido.

—Igual es que andas buscando una perfección que no existe.

—Igual es que ando buscando el récord de imperfección.

—No puede existir nadie más patético que el tipo de las uvas peladas.

—Calla, que mañana vuelvo a currar.

—Ya, pero el tío debe de estar esperando un burofax de

tu abogado. Te lo encontrarás escondido o acojonado. No te va a hacer nada.

—No, yo creo que no. Aparte de que estoy a punto de firmarle un acuerdo que le va a ahorrar varios millones de euros.

—¿Y cuánto te quedas?

—Las gracias.

—Oye, Mica, que estás empastillada con los antidepresivos e igual es mal momento, pero… ¿y Miguel qué?

—Nada.

—Mica, que vives en su casa y que le acaba de dar una hostia a un tipo del Ibex sólo por amor.

—(…)

—¿Estáis durmiendo juntos?

—Durmiendo.

—¿Y?

—Durmiendo.

De hecho, cuando me fui de casa de Miguel y volví a la mía, a quien echaba de menos de verdad era a Clara. Sus ataques de risa contagiosos, su forma de bailar en la cama, sus mil y un gestos delante del espejo, probando y probándose, su luz.

Y aun así me fui.

Porque a Miguel podía darle poco y él merecía más.

El acoso de Jacobo me había derribado, me había dejado hueca. No quería a nadie cerca que me fuera a doler o que me fuera a fallar.

Manu no tardó en explicarme su teoría: «Y porque no quieres doler ni fallar tú. No quieres hacer daño, Mica». Tenía razón, pero él no lo decía como un halago: «Has desaparecido de la vida de Miguel sin ninguna explicación, y ahora él está con Leire y quiere que sea yo quien te lo cuente».

—Vale.

—¿«Vale»? ¿Sólo «vale»?

—(...)

—¿Te da igual? Igual esas pastillas tampoco son tan buenas. ¿Cuántas te quedan?

—Seis meses.

«Oigo tus pasos en mi cabeza, noto tu sombra en mi corazón. Te veo porque no estás. Te huelo porque no eres.»

Miguel quería que yo supiera que estaba con otra mujer, y yo apuntaba mis sueños creyendo que podían ser poemas.

Tu hueco

Por las noches,
cuando acabo con mis trabajos,
mis escritos,
mis lecturas,
mis deberes,
y mis líos,
justo antes de empezar con mis sueños,
te hago un hueco:

Pienso en ti,
en el tiempo que hace que no te veo,
en el tiempo que queda para verte,
en lo que haces tú
con tu tiempo.

Cierro los ojos y,
sobre ese fondo negro,
te imagino
(no te veo)
e intento imaginar qué piensas tú,

adivinar si me piensas.
No.
No lo creo.

Cada vez te veo más lejos.
Es demasiado silencio.
Tú no quieres querer.
Creo.
O no quieres quererme.
O no me quieres.
O no lo sé.
O no lo veo.

Y te alejas.
Yo me quiero acercar,
verte,
olerte,
conocerte,
probarte,
morderte.

Despertar tu sonrisa,
provocarte el sexo,
averiguar si podría quererte.

Y tú te vas
(siempre te estás yendo).

Te callas,
te alejas.
Y a veces vuelves,
casi incapaz de no hacerlo.

Vuelves,
te vas,
te vas.
Te callas.
Te vas.

Los dos sabemos que
podrías quedarte,
un poco,
bastante,
más.

Podrías arriesgarte a
querer.
A querer estar lejos
y a disfrutar estar.
A estar cerca.

Los dos
sabemos
que
que
¿Qué?
que no,

que no vamos a poder,
que no podemos querernos.
O que no queremos.
O que ya no sabemos.

Que nos da miedo.

Ése lo conservo, porque era un ejercicio de empatía, de intentar ponerme en el lugar de Miguel, pero a nadie le pareció bueno. Digo nadie y quiero decir a Manu, que odia la poesía, y a mi psicoanalista, que odia que me refugie en los demás.

El poema, eso sí, fue definitivo.

Manu se cansó de mi intensidad y de mi tristeza y decidió invitarme a Roma, los dos solos. Empezaba a ascender en la cadena de televisión que yo había abandonado. Nuestros niveles profesionales empezaban a converger, nuestra salud mental continuaba su estruendosa divergencia.

«Roma, Mica, tú y yo solos, sin tu jefe y sin mi chica... Tú dejas el cerebro en casa y yo dejo el amor. Sólo nos llevamos la risa a una ciudad con luz, con pasta y con italianos. Que igual alguno hasta te silba y te piropea, aunque sea por deporte, y te lo puedes tirar en la habitación de al lado para ponerme nervioso...»

Manu no vino. Le pusieron una reunión, le reembolsaron el billete y me dieron las gracias por participar en su amistad.

Me fui sola, y descubrí que no es fácil viajar en el vacío. Hay tantas cosas que decidir, preguntar y decir en un taxi, un aeropuerto, un hotel, que el cerebro se acaba imponiendo a la nada y a la depresión.

Y me lo pasé bien, además.

Cuando volví a Madrid y se lo conté a David, mi psicoanalista —empático, rencoroso o profesional, ni lo sé, ni me importa—, me anunció:

—Ahora puedo decirte la verdad. No me sorprende, porque tu depresión nunca ha sido tan grave: un poco de ansiedad, un poco de pánico, un poco de histrionismo...

Le dejé terminar porque supuse que eso le fastidiaba más que una reacción airada. Además, igual tenía razón, pero yo en Roma —andando, absorbiendo vida— no había descubierto nada milagroso (no me había enamorado, no había tenido una visión, ni siquiera había follado para escándalo y decepción de Manu) pero sí algo importante: me gustaba el mundo. Quería ver más.

Y David seguía:

«Cada uno tiene el mejor comportamiento posible en cada momento, Micaela, ya lo sabes. Tu mejor comportamiento, parece que el único, es borrarte, anularte cuando te vienen mal las cosas y también cuando te vienen especialmente bien. Simplemente desapareces y, como no eres nada idiota, siempre encuentras una excusa: una muerte, un accidente, un jefe imbécil...»

«... Te pasan, Micaela, las cosas que le pasan a todo el mundo. Y tú quieres que te pasen más y más fuerte, que te dejen sin respiración y te hagan inimputable...»

«... ¿Sabes lo que significa inimputable...?»

Gracias, por cierto, al que inventó las preguntas retóricas.

Gracias, sobre todo, a mi madre, que me enseñó el silencio como forma de respuesta ante la agresión y la soberbia, estén o no disfrazadas de interés y profesionalidad.

Supongo que David quería ser duro, marcar un antes y un después, tener un efecto. Pero hubo un momento en que dejé de escucharle.

Sólo me reconecté con una pregunta que no era retórica y que yo nunca me había hecho.

—¿Te da miedo ser feliz, Micaela?

—(…)

—Piénsalo, porque tampoco tienes muchas razones para no serlo. ¿Te da miedo?

Son casi las once y ha llamado Diego, que viene para acá. Lo que iba a ser un CV se está convirtiendo en una catarsis y el prólogo de una noche larga, así que Manu se anima y me va picando.

—¿Te da miedo ser feliz, Mica?

—A mí lo que me da miedo es ser yo.

—¿Por si acaso eres feliz?

—Por si acaso soy mala.

—No te pega ese campo semántico maniqueo.

—Y a ti no te pega decir «campo semántico», y menos aún «maniqueo». Marta va a pensar que la engañas con un libro. O con una bibliotecaria, y ya no quedan.

Es verdad: me da miedo ser mala o, mejor dicho, no ser lo bastante buena con los demás. Ser egoísta, intolerante, torpe, soberbia… Y también me da miedo no ser yo: renunciar a mis principios, o no tenerlos.

—¿Y cuántos años de psicoanálisis dices que has hecho para seguir ahí? —pregunta Manu.

—Todos y alguno más.

En aquella época de depresión y miedo, iba por la vida grabándome a fuego todo lo que oía decir a mis amigos sobre mí. Divertida, graciosa, borde, intensa, generosa, conseguidora, autista, comprometida, tozuda... Por si acaso algún día necesitaba creerles e irme pegando atributos para estar a su altura.

Diego y Manu ya vivían en pareja, Ana había vuelto a escaparse con un extranjero. «Aprendo idiomas y me enseñan otras vidas», decía en broma. A Ana le gusta querer porque le gusta vivir. Pero yo les ganaba a todos en número de rollos, y Diego y Manu se descojonaban: «Mica, que esto es como el *blackjack*, tienes que quedarte en el punto justo, ni pasarte ni no llegar. Pones sobre la mesa los tíos a los que has querido y a los que te has tirado y se tiene que notar que tienes experiencia y que has vivido a tope, pero en el punto justo... Si todos los novios te han durado un mes, o tienes alergia al compromiso y no eres de fiar, o eres una promiscua. Pero si sólo has tenido uno, durante siete años, parece que buscas sustituto. Eso es lo que tienes que medir».

Diego y Manu creían —probablemente engañados por mí— que yo quería vivir en pareja, que quería tener hijos y refugiarme en un hombre, y que por eso practicaba tanto. Pero no. Yo lo que creía es lo mismo de ahora: que follar es como trabajar, que si lo haces bien y con ganas, te devuelve mucha autoestima.

Te devuelve la autoestima, sí, pero también puede provocar frustración.

A veces tengo la sensación de que llevo toda la vida adulta en una interminable partida de La Oca, que es el juego más irritante que conozco: intentando hacer bien lo del amor y lo del trabajo, fallando y, ¡hala!, a la casilla de salida. Calavera, un jefe malo que hace bueno al anterior; el pozo y tres meses sin que nadie te acaricie ni te mire con ternura... Y cuando por fin lo superas todo y llegas a la meta, te sobra un punto y te toca rebotar y rebotar eternamente.

Miguel jugaba a lo mismo, si lo pienso. Leire debería haber sido su gran amor. Y hasta él lo decía en aquella época. Mientras yo estuve en reconstrucción, Miguel, simplemente, construyó. Con Leire (y con Clara, claro).

Leire era toda luz. La mujer que a mí me habría gustado ser.

Me la presentó en una fiesta y no me tuvo que dar muchas explicaciones: brillaban. Y siguieron brillando. Y yo, claro, dejé de ir a su casa los fines de semana, y de ver a Clara, y de ser el amor de su vida.

Dejé sitio porque, además, a mí tampoco me cabía Miguel.

Pasados unos meses, me convencí por fin de que Jacobo estaba cumpliendo su promesa. Se había desestimado aquella fusión dolorosa que nos había puesto en la misma reunión, y yo tenía mucho trabajo: había que llenar la red y conseguir audiencias, y fidelizarlas, y estar de moda, y ser referencia.

Y había dejado hueco, como dice Manu.

Además, seguía yendo a esos mercados llenos de reyes de copas (cada vez más pálidos) y llenos, también, de distracciones. Cannes, Nueva Orleans, Chicago, Los Ángeles... Billetes en *business*, hoteles de cinco estrellas, y un espacio en el que nadie te encontraba (la habitación, una peli y el minibar; o la calle, un museo, un club de jazz; perdona, que el móvil no tiene cobertura).

O sea, soledad, extranjeros y reuniones rápidas y eficaces. Un lujo en todos los sentidos.

Un lujo que yo disfruté consciente todos esos años que estuve dando vueltas por el mundo para reunirme, muchas veces, con gente que trabajaba en mi ciudad.

Y para encontrarme con Andrés.

Andrés estaba casado. «Sólo técnicamente. Y sé que suena a tópico de culebrón clásico, pero es verdad; ya lo hemos hablado todo y nos falta que acabe el curso, contárselo a los niños y buscar una casa para mí. De verdad, Mica. Que yo no estoy para echar un polvo, que yo estoy para quedarme y hacerte feliz porque te he visto en más de diez ciudades distintas y en todas viviría contigo.»

Lo recuerdo tal y como lo dijo, pero ahora no suena nada creíble. Andrés era un hombre alegre, divertido, irresistible;

me insistió, me persiguió y, con o sin excusas, que no sé si las tengo o si las necesito, me enamoró.

Y por si yo no me acuerdo, Manu no se ha olvidado jamás: «Con Andrés fue la primera y única vez que te oí decir que querías tener hijos».

A Andrés yo lo imaginé entero: toda mi vida con él. La casa, los niños, el sofá, la vejez. En cualquier parte del mundo, con una cama y su piel. De él a la eternidad.

Andrés trabajaba en una compañía gemela a la mía, nuestra principal competidora, esa con la que siempre estábamos en plena tensión sexual, que nos fusionamos, que no. Ahora que tú quieres, yo me hago el reticente; ahora que quiero yo, tú te alejas.

Como en las pelis clásicas: perseguíamos los mismos clientes, teníamos los mismos proveedores y nos encontrábamos todo el rato.

Y no, no nos andábamos buscando. Dejo la metáfora empresarial: digo Andrés y yo.

Andrés era alto, guapo y divertido. Siempre sonriente, irónico y dispuesto. Yo sabía que le caía bien, porque esas cosas se notan, porque a veces nos tomábamos un café, y otras una copa, sin más, comentando nuestros alrededores, con un sentido del humor parecido y una distancia diferente respecto al trabajo, la vida y el amor.

Yo pensaba que él ya lo tenía todo claro. Andrés era quince años mayor que yo. Lo sigue siendo, aunque ya no le veo, ni sé dónde vive, ni me atrevo a buscarlo.

Andrés, digo, fue amigo mío durante un par de años. No amigo como Manu o Diego, pero amigo. El colega con el que más me reía y con el que más complicidad tenía, al que siempre buscaba con la mirada y el que siempre me la recibía con ganas, con ganas de verme, de escucharme, de contarme, de hacerme reír.

No lo parece y, sin embargo, soy muy insegura: ni se me pasa por la cabeza que pueda gustar a los hombres que considero irresistibles. Andrés era irresistible, y empezó a llamarme más.

Y más. Y más.

Hasta que me invitó a cenar. «Te tengo que decir algo.»

Me lo dijo. Le costó decírmelo.

«Llevo meses pensando que te debo la verdad. Y lo he ensayado, pero me va a salir mal. Estoy enamorado de ti, Mica... No digas nada. Quiero que me escuches y luego hables. O no, lo que quieras. Tengo cuarenta y cinco años y dos hijos, mi mujer y yo llevamos separados unos meses. Quiero decir que aún vivimos juntos, pero porque andamos buscando la mejor manera de hacer oficial la separación. El caso es que te quiero, que quiero estar contigo. Que quiero eso y nada más.»

Ahora suena tópico, ya lo he dicho, el diálogo escrito por un guionista perezoso, pero yo lo recibí como un planteamiento sincero, limpio y dulce, perfecto, definitivo. Y yo, muda, entregada y feliz.

Andrés me llevó a casa y no quiso subir.

No subió, hasta que tres días más tarde le abrí la puerta, le dejé entrar y me quedé encerrada en él.

Y es una metáfora bonita, pero también es literal.

Andrés sólo se había acostado con su mujer y casi no sabía hacer el amor: tocar, insinuar, acariciar, empezar, jugar, reír, masturbar, escuchar, lamer, hacer, dejarse hacer, atar, probar, pasarse, llegar, experimentar, esperar, oler, disfrutar, volver, anticipar, recordar...

Andrés sabía desear, meterla y eyacular. Y ya. Teníamos mucho que practicar.

Aprendió rápido, eso sí.

Él decía que yo le enseñaba, yo decía que aprendíamos juntos. Los dos decíamos cosas que se sumaban y se completaban, y las vivíamos como si fuéramos una ecuación matemática. Sólo tú más yo podemos ser nosotros.

«En junio, en junio, en junio...»

«Buscamos una casa juntos, me traslado yo primero, esperamos un tiempo prudencial y te vienes, y entonces ya sí, te quedas, y no te vas nunca.»

El final de curso era una frontera casi mítica.

A mí me gustaba que Andrés nunca, jamás, hablara mal de su mujer. En otras vidas pasadas, en esta presente y en todas las futuras, si oigo a alguien que se queja de su pareja siempre pienso lo mismo: «Imbécil, hablar mal de ella es hablar mal de ti, que la elegiste, que te dejaste elegir, que duermes con ella...».

Andrés no la mencionaba. Y yo flotaba, feliz los días (siempre laborables) que nos veíamos. Me sentía guapa, etérea, enamorada. Entendiéndolo todo como si me drogara. Entendía a Andrés, a su mujer y hasta el teorema de Poincaré.

Y los fines de semana no entendía nada, y eso que Andrés me lo explicaba: «Los niños».

«Los niños y ella, que tampoco quiero hacerle un daño innecesario, porque yo supe que me tenía que separar hace ya un año, y se lo dije, en cuanto me di cuenta de que sólo pensaba en ti, pero contarle que existes es hacer que duela más, sembrar un rencor que no necesitamos. Por eso tampoco quiero que nos vea nadie por la calle, aunque sé que no debería esconderte como si fueras mi amante, que tú eres ya mi mujer y lo vas a ser siempre...»

Qué pereza da recordar todo esto, qué historia tan vista... Esos enamorados que se creen únicos rodeados de otro millón de parejas que también se creen excepcionales. Lo que tú crees que pasa una vez en la vida ocurre mil veces cada minuto.

Ahora, al recordarlo, me suena todo a tópico infecto. Y ni siquiera: porque yo quería a Andrés como creía que nunca había querido a nadie, pero jamás me cupo duda de que lo nuestro no era un amor imposible, porque el divorcio es legal, lícito y, en muchos casos, más que recomendable. Y, sin embargo, teníamos encima esa inmensa capa de tristeza: aquellos primeros meses, tan bonitos, fueron también tremendamente melancólicos.

A mí no me ponía el drama, que no soy masoca. Yo quería a Andrés todo el rato. Y quería con él cosas fáciles. Quería que me cogiera la mano y no me la soltara. Quería que fuéramos al cine, llevarlo de viaje, encontrarle regalos, hacerle café. Quería que quisiera a mi madre y que fuera capaz de hacer reír a mis hermanos. Quería que fuésemos a cenar: solos, con Manu y Diego, con sus chicas. Quería que conociera a Ana. Quería querer a sus hijos. Quería tener hijos con él.

Pero a él sí que le debía de gustar lo imposible. Me cuesta entenderlo ahora, entenderme a mí, entenderlo a él, hasta entendernos juntos. ¿Por qué tanto obstáculo si ni siquiera era adulterio? Y, además, aunque lo hubiera sido. Que hasta Romeo y Julieta no murieron por amor, sino por tontos.

En teoría, con Andrés no había mentiras.

En teoría.

Hasta que la mujer de Andrés entendió que tanto mensaje y tanta noche fuera no eran casuales, y le preguntó, y sólo estábamos en mayo y no se había acabado el curso, y se vio que no decir la verdad es lo mismo que mentir. O sea, se vio una obviedad.

Y aviso que aquí voy a generalizar: los casados, o recién separados, gozan de una indulgencia que ya quisiera yo para mí y que empieza con todo lo que no dices ni pides por no sonar como la pareja anterior, por no oír eso de «para discutir me quedaba en casa». Hasta que un día te miras al espejo y, por suerte, te reconoces y dices: vale, que no quiero ser como ella, pero sí espero, necesito, merezco, que me respeten.

Vamos, que sí, que quiero hacerte feliz, pero ésta también es mi casa, y mi relación, y mis límites y mis normas, y nos va a tocar pactar.

Y entonces es su turno: que lo entienda o que no; que le dé miedo perderte o quedarse solo, o que no le dé miedo nada; que piense que mejor malo conocido, o que no piense, así, en general.

Y, ya puestos, voy a repetir otra generalización: dicen que las mujeres nos separamos para estar solas y los hombres para estar con otras. No sé, quiero pensar que con excepciones.

A veces lo he hablado con Manu. «Si Marta me dejara, ella estaría bien sola; y yo no. No estaría nada bien sin ella, ni solo, ni con otra.» Manu tiene el miedo justo: el miedo que merece Marta.

Volviendo a Andrés, vuelvo a lo de siempre, que así van estas cosas: en un siglo en que el divorcio y el sexo son legales, aún nos tienta el sentirnos parte de un amor perseguido, atormentado e imposible. Y no lo es, no tiene por qué serlo.

Si quieres, puedes; si queremos, podemos.

Me temo, pues, que Andrés no quiso.

Hubo, que también es habitual, un tímido amago de querer: se vino a casa un tiempo, y yo, convencida de que era el hombre de mi vida, veía su tristeza como una garantía: quería a sus hijos, respetaba a su mujer, era un hombre bueno. Y le compensaba con una ración extra de mimos y de sexo, y cuando yo me ponía melancólica, porque el hombre de mi vida no parecía ser feliz conmigo, me lo curaba sola para no agravarle sus problemas.

Pero todo se acumula y a veces las cosas son como parecen y parecen como son: Andrés estaba triste, sombrío y mustio. Andrés era infeliz.

Y, encima, andaba lleno de tópicos: esos paternalistas y misóginos que juran que las mujeres sólo vamos a pillar a los hombres, a atarlos, dominarlos y hacerlos pequeñitos; esos que dicen que todas somos iguales y queremos lo mismo, una vida aburrida y convencional, un amor que nos dé seguridad y joyas en los aniversarios; esos que dicen que ellos traen el sueldo a casa y nosotras vendemos caro el sexo.

—No me presiones, Mica.

—¡Pero si sólo te he preguntado si querías ir al cine!

Andrés subía el tono un poco más cada vez.

Y entonces le empezaron a ir mal las cosas en el trabajo y

el sexo se volvió también más alto: golpes, giros, posturas que él marcaba y en las que no admitía réplica ni matices.

Lo quería como a él le daba la gana.

Y empezó a salir: no podía salir conmigo, aún tenía que esconderme, pero sí podía salir sin mí.

Yo volvía cada noche a la casa donde ya vivía con el hombre de mi vida y la encontraba vacía. Más tarde, mucho más tarde, a la una o las dos, él llegaba, con demasiadas copas y demasiada ira. Se abría paso a golpes dentro de mí, me daba la vuelta, me tapaba la boca, me ignoraba y me usaba.

Y yo callada, para que se le pasara, para que se desahogara, para que volviera.

Aunque quien llega a la ira ya no vuelve.

Andrés gritaba, lloraba y pedía perdón. Y yo me quedaba en el grito.

Una noche, ya cansada, cené con Manu y con Diego, y me sorprendió mi risa. Sana, cariñosa, feliz. Me puse a llorar y, aun así, la felicidad seguía en mí: era Andrés quien me robaba la energía positiva y me la cambiaba por mal rollo.

«Ésta es mi casa, ésta es mi vida; sobras tú», le dije segura y sincera a la mañana siguiente, cuando se cabreó contra su taza de café sólo porque sí.

7

Hijos

Nunca llegué a conocer a los hijos de Andrés. Nunca llegué, obviamente, a tener un hijo con él. Y, en realidad, por mucho que lo piense, tampoco llegué a entender nunca que no quisiera lo que tenía, que lo quisiera todo antes de tenerlo o justo después de perderlo.

Porque al irse decidió inundar mi móvil de mensajes. «Eres toda mi vida. Perdóname», «Te quiero», «Eres lo único que tengo».

—¿Ves como sólo está él en los mensajes, Micaela?

—(...)

—Búscate, busca algo de empatía, mira a ver si se pone en tu lugar, si piensa en ti... ¿Tienes algún mensaje en el que te pregunte cómo estás o qué quieres?

Pues eso.

Por una vez que se mojó, tenía razón el psicoanalista. Sólo estaba él en su discurso.

El desamor de Andrés, el pinchazo de toda esa vida que yo veía con él, me había jibarizado y durante mucho tiempo necesité ayuda para hacer las cosas más obvias, e incluso para no hacerlas. «Tengo otro mensaje, Manu. ¿Me recuerdas, por favor, que es un hijo de puta para que no le crea y no le conteste?»

Y Manu, obediente, me decía: «Un hijo de puta, Mica. Bloquéalo, márcalo como spam, haz lo que quieras, pero no contestes».

Andrés volvió con su mujer y creo que ahora, por fin, sin mentiras, de otra manera, o sea de verdad, se han separado.

Yo no he vuelto a verlo.

Me da miedo volver a sentir todo lo que le quise.

Me da miedo oír su voz y seguirle.

Pero lo que más miedo me da es que me grite.

«La fama no se me ha subido a la cabeza. Conservo los amigos de toda la vida.»

A mí esas declaraciones repetidas y predecibles que cacarean los famosos me recuerdan a mis hermanos. Si yo algún día triunfara, mis hermanos seguirían puteándome y todos tan contentos: yo con los pies en el suelo, ellos como siempre, con sus inmensas zapatillas encima de mi cabeza.

Y eso me vale para los momentos de extrema felicidad, pero también para los de la más absoluta miseria.

Mis hermanos son mi suelo, no puedo caer más abajo de donde estuvimos juntos. No puedo subir más alto de lo que tuvimos de pequeños.

Jon y Pablo no solían inmiscuirse en mi vida, pero cuando se fue Andrés vinieron a casa, cada uno por su lado, se aseguraron de que había vuelto a llenar mi nevera, y con una cerveza en la mano, los dos en la misma postura, me dijeron algo muy parecido a lo que años más tarde leí en un tuit del escritor Héctor Abad:

«La soltería —dice una amiga— es como la muerte por ahogamiento. Muy dulce cuando uno deja de luchar.»

—Ríndete, Mica.

—Vuelve con Miguel o ríndete.

—Por favor.

—Basta.

Manu dice que no. «No te has rendido, Mica. Tú follas más en un mes que yo en un año.»

—Puede ser.

—Pero a mí me quieren más.

—Eso seguro.

—Y mejor.

—También.

—Mica, no me des la razón, y discute un poco…

Pero yo no quiero discutir. La semana pasada, cuando murió mi madre, Ana me mandó un mail desde su playa de Puerto Rico. «Necesitas construirte un presente en el que la tristeza deje paso a la paz. Prueba La senda sagrada del guerrero*…»*

> Cuando uno se encorva, no puede respirar bien, y una postura desgarbada es también signo de estar cediendo a la neurosis. De manera que al sentarse erguido, uno está proclamando para sí y para el resto del mundo que va a ser un guerrero, un ser íntegramente humano.

Le leo este párrafo a Manu, muy recta, y finge una desesperación que, en el fondo, también siente. Le da miedo que me haya vuelto loca, pero yo espero que, algún día, el budismo me encuentre preparada.

—Hablo de budismo como filosofía de vida, no como religión.

—(...)

—No hay que poner la religión en el CV, ¿verdad?

—Mica...

—Lo pregunto en serio, es que me parece la pregunta más íntima y más difícil del mundo.

—(...)

—Yo no sé en qué creo.

—Ni yo.

—Tú en Marta. Y en Dios.

—Y en ti.

—Como Ángel González.

He despistado a Manu, pero sigo con mis dudas. Llevo años intentando entender a la gente que se define en lo religioso con la misma seguridad con que recita su grupo sanguíneo: ateo, agnóstico, creyente (bueno, en realidad, contestan más alto y más claro los ateos, bienaventurados ellos).

Y yo no sé si creo. O en qué creo.

Claro que tampoco sé cuál es mi grupo sanguíneo.

Ana lleva años insistiendo. Perdón, más que insistiendo, compartiendo sin insistir: «El budismo exige. Te exige ser fiel a ti mismo y te exige ser siempre tu mejor yo, estar siempre en plenitud de facultades. Desde la lealtad a ti. Pero no en plan de "es que soy agresivo, pumba, te doy una hostia, y te aguantas y me disculpas...". El budismo te exige ser leal a tu propio potencial».

Ana, haciendo yoga, haciendo el amor, siendo budista, siendo ella misma.

«Las religiones convencionales siempre delegan en Dios y en el destino. El fatalismo es muy cómodo, cómodo e irresponsable. Como

Dios lo ha querido así, todo vale. Mica, tienes que responsabilizarte de tu vida.»

Ana, desde su playa.

Y Manu se está poniendo a favor: «Ahora entiendo por qué te empeñas en caerte: porque tu destino es estar siempre levantándote».

> La clave del camino del guerrero, y el principio de la visión shambhala, es no tener miedo de ser quienes somos. Ésta es, en última instancia, la definición de la valentía: no tenerse miedo a sí mismo.

Son las doce de la noche. Creo que si Diego no viene pronto y seguimos hablando de budismo, Manu va a acabarse toda la ginebra y yo me voy a fumar una barrita de incienso.

Cambio de novio, cambio de trabajo. Así ha ido siempre mi vida. Para qué hacer pequeñas mudanzas pudiendo provocar un terremoto.

Claro que en este caso tenía excusa. Mientras nuestras empresas volvían, definitivamente, a fusionarse, Andrés y yo nos desintegrábamos. Y entonces reapareció en mi vida Cary, el jefe al que más he querido y respetado, con el que mejor he trabajado.

Y Manu me decía que no, y Ana que menos. «Te aguantas, ves a Andrés cuando te toque, y esperas, que el tiempo es tuyo. Porque cuando se complete la fusión habrá un plan de bajas incentivadas y te podrás venir conmigo a Goa, a fingir que somos hippies y a tirarnos a todos los australianos guapos que anden buscándose a sí mismos antes de que estemos demasiado mayores y no nos encuentren. Va, Mica... Un añito y luego vuelves, fibrosa, bien tocada.»

Manu tenía otro plan: «Mica, ahora no, por favor, que ahora te respetan y esto es el futuro». Y Diego no decía nada, porque a Diego siempre le parece que tengo razón y que lo que tenemos que hacer es irnos los dos a Formentera, a planificar cómo demonios cambiamos el mundo.

Los mensajes de Andrés se multiplicaban, y yo me dividía. Hasta que Cary, guapo y más canoso, o sea, más interesante, me preguntó si quería creer que hacía o quería hacer.

—¿Tú qué crees?

—Yo hago, y creo, pero de crear y no de creer.

—Oye, que eres y sigues siendo mi mejor jefe, pero no estoy lo bastante centrada para conjugar y diferenciar verbos tan similares.

—A ver, Mica, mi mujer va a montar una productora pequeñita: contenidos para móviles, webseries y todas esas cosas que se pagan poco pero que se tienen que hacer mucho. Tú conoces el otro lado, el de los distribuidores, los compradores, las cadenas y las grandes operadoras, y ella te necesita.

—Sigue, que suena bien.

—No hay mucho más.

—(...)

—Bueno, sí. Yo también te necesito. Hay pasta mía en esa empresa y me gusta saber que tú vas a estar allí metiendo un poco de sentido, creando y rentabilizando.

—¿Pero tu mujer no es buena?

—Sí... Claro...

Y en vez de detectar el tono desganado, me agarré a la literalidad y dejé mi coche de empresa, mis billetes de *business*, mi bono y al hombre con el que quise tener hijos. Dejé también mi baja incentivada y mi año sabático con Ana. Dejé, ya puestos a dejar, la estupefacción de Jacobo y de mi jefe directo.

—¿Ahora? ¿A una empresa sin nombre? ¿Por qué?

Por desamor.

Lo dejé todo y me instalé en un bajo del centro, un espacio que era moderno porque era blanco y por poco más.

«Somos una *startup*», anunció Eugenia el primer día, cuando abrimos con ella las puertas de una oficina decorada en Ikea, muy mona.

—*Startup* lo serás tú; lo que somos es una productora que tiene que hacer camino —le contestó el jefe de producción, perro viejo a quien también había convencido Cary.

Se llamaba Óscar y, aunque tenía mil vidas más que yo, reconocimos una complicidad instantánea en aquel espacio blanco con tres mesas y una mampara de cristal que nos separaría para siempre de Eugenia, nuestra directora general, mujer de un gran jefe para mí, mujer de un amigo para Óscar.

Eugenia era desconfiada y obsesiva. No lo digo yo. Lo dijo Óscar, y lo dijo después Cary. Cada vez que yo traspasaba su mampara, ponía boca abajo todos los papeles de su mesa. Y, la verdad, no es fácil ser adjunta de una tía que quiere no necesitarte.

Cary desapareció pronto.

«Sólo soy accionista, socio inversor, llámalo como quieras», me dijo la primera y última vez que le llamé para pedirle ayuda.

—Ni lo intentes, Mica. Hay parejas que la razón no entiende. A ella le han puesto una empresa y luego nos han puesto a nosotros. Y nosotros hemos aceptado.

—¡Pero si no nos deja trabajar!

—Mica, que llevas sólo dos semanas…

—Como si llevara toda la vida.

Renunciando a Andrés, o a mi fantasía con él y a mi improbable ficción familiar, acababa de cometer un total y absoluto suicidio profesional.

La mesa de Óscar.

Ése fue mi espacio sagrado en aquella vuelta a la mediocridad y la impotencia. Porque la productora que teníamos que encaminar hacia la grandeza no iba a poder crecer por mucho que estirásemos: la desconfianza de Eugenia hacia su marido, hacia su equipo y hacia el mundo era demasiado resistente.

Había sido directora comercial de una gran empresa de productos de belleza que se vendían solos. Era alta, guapa, elegante. Era también muy bruta: si no sabía algo, gritaba. Gritaba en ese tono histérico que tanto nos reprochan a todas las mujeres y que sólo usan las personas inseguras y malas sea cual sea su sexo: «¡Que la jefa soy yo!». Y alargaba el «yoooo».

Óscar y yo lo oíamos resonar por ese pequeño espacio que compartíamos, el espacio hueco donde intentábamos construir algo que a Eugenia luego le daría miedo aprobar.

Óscar era, es, una versión cincuentona de Lucas, una gran persona, y un gran amigo. El tío se compró una *kettle* sólo para mí, y me hacía mil infusiones distintas, siempre con su fingido aire de estar de vuelta de todo y su carácter irreductible.

A Óscar había que escucharlo con calma. Le sobraban neuronas y sentido del humor. Por eso a veces ordenaba su mesa mientras yo le soltaba el rollo habitual y algún discurso nuevo:

—¿Qué pasa, Mica? No me mires así, que yo también soy *multitasking* como vosotras. Puedo hablar contigo mientras recojo.

Y con esas palabras iba convirtiendo en bolas, uno por uno, todos los folios de las presentaciones que Eugenia nos había devuelto llenas de correcciones en rojo. Una tinta que chillaba como ella. «¿Y estooooo?» Óscar encestaba en su papelera los proyectos abortados y las correcciones abortantes. No fallaba ni una canasta, el tío.

Mientras tanto, además, me hablaba de literatura. Él es de los rusos. Entre Tolstoi y Dostoievski. Yo le intentaba convertir a la fe anglosajona. Desde Shakespeare, claro.

«Algún día, por sorpresa, cuando me vaya, o cuando vuelva a fumar porros, le diré a esa imbécil de la jaula de cristal lo que pienso de ella. Pero se lo diré como a Ricardo III.»

«Fealdad inconcebible, tú no tienes otra excusa más válida que ahorcarte.»

Y Óscar seguía encestando. Imperturbable, divertido, cariñoso.

Óscar estaba allí porque se acercaba a los sesenta y nunca le habían gustado las comidas de trabajo, yo porque era mujer y me lamía el desamor; los dos éramos mucho mejores que nuestra jefa y, a la vez, ambos teníamos lo que nos merecíamos.

—La gente entra en las empresas por los proyectos y se va por sus jefes —le decía yo a Óscar, muy chulita.

—No, Mica, no. Tú entras en las empresas por ingenua y te vas por tu carácter.

—Eso lo he leído, que te contratan por tu aptitud y te despiden por tu carácter.

—Pues eso.

—¿Me van a despedir?

—Todavía no.

—¿Y tú cómo aguantas ser más listo que tu jefa?

—Es evidente que no lo soy, Mica. Si no, no estaría aquí.

Eugenia no nos dejaba trabajar. Tenía quince años menos que Óscar, diez más que yo, pero la edad no tiene que ver con el miedo: a aquella mujer le aterraba no saber, y le aterraba también preguntar.

Cada vez que Óscar y yo pactábamos, diseñábamos y vendíamos un proyecto, llegaba Eugenia y decía «pero...».

—Pero ¿qué?

—Que...

—¿¡QUÉEE!?

—Que me da un poco de miedo... —susurraba con una voz de serpiente pavorosa—. No sé si lo habéis calculado bien —y ya pasaba al grito.

—¿Pero tú no querías ser una *startup*, coño? ¿Dónde se ha visto un emprendedor acojonado? —le replicaba Óscar exasperado.

A Eugenia le habían puesto una empresa y nunca supimos por qué. Tampoco ayudó, claro, que Cary y ella se separaran y que él vendiera sus acciones a inversores misteriosos que, no sé si blanqueando pasta o perdiendo el tiempo, nos pagaban diligentes nuestras nóminas por no hacer nada, por sobrevivir sin vender, por desesperarnos a su costa.

Óscar y yo nos fuimos casi a la vez. Un mes antes de que

se fuera Eugenia. Nos la imaginamos siempre cerrando la puerta con sus zapatos de tacón, otra vez vestida de blanco, a juego con el mobiliario y con el vacío.

Óscar se fue a su casa de Segovia, a prejubilarse delante de la chimenea; yo a una sucesión de empresas pequeñitas que Manu no me deja poner en el CV. Hemos alargado el tiempo de permanencia en esa primera *startup*, y allí, en la nada, incluimos todo lo demás.

«Si hubieras tenido un hijo habrías perdido menos tiempo que en tantas vueltas, Mica.» Óscar entonces y Manu ahora usan casi la misma frase. Porque Óscar también creía que me tenía que quedar embarazada de Miguel, y dejarme querer.

Así, con las defensas bajas, me enfrenté a la guerra psicológica. Sólo Diego, mi madre y mis hermanos me perdonaron la batalla de la maternidad, que parece ser la gran cuestión, el «ser o no ser» contemporáneo.

Para las tías, claro.

Hay un momento, a partir de los treinta, en que todo el mundo empieza a verte como un recipiente vacío, o un bombo potencial, o una mujer que todavía no es madre. Que todavía no es. Punto.

Todo el mundo menos tú. Y cualquier excusa es buena. Si no te gusta tu trabajo, porque aprovechas el parón; si te gusta, porque te guardarán el puesto; si estás en paro, porque no te interrumpe...

Y cada uno lo enfoca a su manera. «Ser» madre, como si antes no fueras nada; «tener» un hijo, como si las personas se poseyeran; «consolidar» una relación, ya sin ninguna posibilidad de solidez...

Reconozco, eso sí, que la visión de Ana era distinta. Anita aún no tenía a Otto, pero ya sabía que quería multiplicarse. «Multiplicar amor. Paz y amor, Mica. No siento una llamada ni nada, siento que quiero querer a alguien incondicionalmente y darle lo mejor que tengo.»

—Me parece bien.

—¿Qué significa eso?

—Que lo entiendo. ¿Tiene que significar algo más?

—No, no, pero ¿seguro que lo entiendes? Porque no creas que yo tengo las cosas tan claras. A veces yo tampoco quiero tener hijos, Mica. ¿Es razonable lo que digo?

—Sí.

—¿Lo compartes?

—No. No lo sé. Yo no digo que no quiera tener hijos, pero tampoco soy consciente de querer.

Teníamos variaciones de esa conversación más por resolver las dudas de Ana que por aclarar las mías. Yo, en realidad, no me planteaba la pregunta; más bien la tenía aparcada, pensaba que algún día vendría alguien con la respuesta.

«Te quiero, me quieres, quiero que tengamos hijos juntos.» O «Te quiero, me quieres, y estamos muy bien solos».

Desde los once años (los catorce con suerte), desde que empezamos con la regla, las tías somos conscientes de nuestra diferencia: del potencial y del riesgo. Sabemos que la elección es nuestra y nos pasamos años, muchísimos, demasiados, entre los tampones y los anticonceptivos, buscando el reloj biológico, la llamada de la maternidad, o el polvo más caro de nuestra vida.

Y a veces no encontramos nada.

Para ser mujer no hace falta ser madre y, desde luego, para ser madre no hace falta dejar de ser mujer.

Además, a mí me saca de quicio la maternidad redentora, la verdad.

Todas esas mujeres profesionales a las que sólo se les pregunta cómo cuidan a sus hijos, cómo lo compatibilizan. «*Women can't have it all.*»

Todas esas políticas, tenistas, modelos a las que fotografían recién paridas y llorosas. «Ser madre es maravilloso, y es lo mejor que me ha pasado en la vida.»

«Ser» madre. ¿Se «es» madre? Las mujeres paren, y luego ya se ve si son madres o no. No sé. Cualquier teorización sobre este tema me pone los pelos de punta. Y, además, yo no estoy autorizada: como no soy madre, no puedo hablar de la maternidad.

Da igual. Digamos que no he tenido hijos porque a veces no me aguanto.

Y Manu, cuando lo hablamos, que lo hemos hecho mil veces, discrepa; dice que yo sé querer y que eso basta. Aceptando que sé querer, eso no basta. Yo a veces necesito estar sola. Muchas veces, muy sola.

Un hijo necesita poder estar, siempre, en cualquier momento, acompañado.

Manu me lo planteaba una y otra vez:

—Dan tanto trabajo los niños que uno no puede andar como tú pensando en quién eres, sólo tienes que estar, que es mucho más fácil que ser.

—(...)

—Y encima te llevas un polvo de regalo. O mejor, unos cuantos mientras le dices al semental que aún no tienes garantías de haberte quedado preñada.

Manu y Marta son padres de dos niñas mágicas, Candela e Itxi, pero Manu tampoco es un prescriptor de la paternidad al uso.

—Si vas por la vida buscando certezas, no las vas a encontrar en ningún lado. Tú necesitas querer, Mica, y dejar de exigirte tanto.

—(...)

—Deberías irte de copas y follar hasta quedarte preñada.

—(...)

—Y si es alto y guapo, mejor. Mejor polvo, mejores genes.

—(...)

—Pero lo ideal es que te quedes preñada de Miguel, que para eso está. Te quiere, tiene buenos genes y le sobra la pasta.

—(...)

—Ahora en serio, Mica, ¿de verdad no te apetece?

—Que no quiero tener un hijo. Lo que quiero es que dejéis de intentar arreglarme la vida, que las vidas no tienen arreglo, sólo hay que vivirlas, joder.

Y aquel día, Manu sonrió triunfante, porque me había llevado justo donde quería. A que me gustaba mi vida, a que la había elegido yo.

Daba más lata Miguel, que había roto con Leire y me había informado por un SMS. «Cuando encuentro una mujer diez, la multiplico por cero.»

Así empezó una conversación que nos llevó meses. Miguel quería consultarme, proponerme, convencerme...

Su padre estaba a punto de jubilarse y Miguel se planteaba venderlo todo.

«Estoy cansado, Mica, como si tuviera treinta años más de los que tengo. Pienso siempre en aquel viaje que hicimos por Estados Unidos como la época más feliz de mi vida. Y en volver.»

—¿A Estados Unidos?

—No, a ti, a nosotros, a los jóvenes que fuimos.

—Pues sí que parece que tengas treinta años más...

—Lo digo en serio, Mica.

—(...)

—Sueño con una casa en Girona, con que nos vayamos a vivir allí y tú escribas.

—Yo no voy a escribir. Qué manía...

—Vale, pues que no escribas, pero que vivamos allí, solos, con Clara, claro, pero solos. Con perros, con paz, en silencio... Paseando, leyendo, cocinando...

Sonaba tentador, era tentador, pero no era serio. Clara con nueve años y dos adultos arrastrándola a sus fantasías absolutistas de la vida al margen de todo. Nosotros con una relación que era cariñosa, estable, buena y… No era. Era imposible.

Manu no lo entendía. «Entre un trabajo mediocre en Madrid, y el hombre perfecto en Girona, te quedas en Madrid. ¿Por qué?»

—Oye, que no tiene que ver con el curro, que si lo mezclas parece que Miguel es un plan de pensiones.

—Ésa es otra de sus virtudes.

—Que no, Manu.

—Pues dime por qué es una relación imposible.

—Porque a Miguel le quiero pero no le deseo. No puedo acostarme con él.

—Pero si los dos me habéis contado que follabais hasta cuando os separasteis.

—Sí, pero ahora no consigo desearlo. Mi cuerpo se niega por completo.

—(...)

—Pienso en él y mi mente ve una polla flácida.

—¿Pero porque a él no se le levanta?

—No, no; porque es como le veo.

—No lo entiendo.

—Hay hombres de sofá, de acurrucarse, y tíos de cama, cómoda y pared.

—Ya, y de suelo, y de hacerte daño.

Hace casi veinte años que me enamoré de Miguel. Y puedo hacerlo todo con él feliz y en paz: irme de viaje, charlar, estar con Clara, llorar, reír, ir al cine, comer, leer, callar… Puedo hacerlo todo menos besarle con ganas y hacerle el amor o dejar que me lo haga. Soy incapaz. Con él soy una eunuca.

Miguel está insistiendo ahora, también, en que volvamos, como insistió cuando Andrés y Leire desaparecieron de nuestras vidas, tan lejanas y tan paralelas. Y a Manu le parece aún más conveniente, y más final feliz.

Cree que es algo así como una compensación del destino: que muere mi madre y me cuida Miguel, que me despiden y me acoge el dinero del padre de Miguel, que soy huérfana y tengo un hijo.

Miguel no ha vuelto a casa todavía, nos está dejando espacio. Diego tampoco llega, siempre impuntual, y Manu y yo nos enfrentamos solitos a mi CV, a las ocasiones perdidas y a las oportunidades pendientes.

—Sería cómodo. Yo le quiero, sin pasión pero con paz. Pero no; no puedo tener un hijo con alguien a quien no deseo.

—Igual es sólo que eres una pesada y una intensa, y que no te pone el hombre de tu vida, no vaya a ser que seas feliz.

—Manu… me encanta follar. Si no me pone, no me pone. Es como si fuera mi hermano.

—Qué putada.

—Lo sé.

—Sería tan bonito.

—Y tan cómodo.

—Pero, sobre todo, bonito, Mica, que tuvieras paz; que tú siempre estás en tensión, y jodida, que atraes el conflicto y la envidia.

—No me asustes.

—Es verdad: eres buena tía, aunque vayas de borde; pero eres un pararrayos. Y con lo que te quiere Miguel, podría protegerte hasta de ti misma.

Manu se pone romántico con Miguel y conmigo. Somos su causa perdida. Y cuando se da cuenta, se asusta y vuelve a su papel de amigo bestia:

—Si quieres, intento convencer a Miguel de que te lleve a Girona con un mulato de veinte que cumpla donde él no puede.

—Es que él sí puede. Pero seguro que le encanta la idea: el mulato con su hija, que tiene las hormonas disparadas, y él y yo de abuelitos tolerantes y marchosos.

«Como si fueras mi madre, Mica», eso me ha dicho siempre Clara cuando quiere algo, o cuando no lo quiere, que es aún más peligroso.

Clara tiene una madre estupenda, y recurre a mí justo porque no lo soy. Porque soy una adulta que se equivoca tanto como ella y eso le da seguridad y confianza. A mí me lo puede contar todo porque no tengo autoridad moral ni le puedo dar lecciones, yo sólo me pongo en su lugar.

A Manu, empeñado como está en que Miguel y yo acabemos juntos en el asilo, también le gustaría pensar que Clara es para mí como una hija, pero no. Clara es como mis sobrinos, los hijos de mi hermano Jon; como Candela e Itxi, las hijas de Manu y Marta; quizá algo más, quizá mi persona favorita, una puñetera deliciosa e imprescindible.

Pero no es mi hija y no soy su madre. Y por eso, precisamente por eso, me llama para todo y para nada desde que alguien, demasiado pronto, le dio un móvil y yo me convertí en el *sparring* de las conversaciones imposibles.

Su adolescencia, además, se adelantó demasiado:

—Mica, ¿tú crees que estoy gorda?

—Para nada.

—Es que ya no soy la más delgada de mis amigas.

—Eso no quiere decir que estés gorda.

—Ya, Mica, pero quiero que mi cuerpo sea el del año pasado. Quiero ser yo la flaca. Ahora tengo patorras, tetorras, granorros.

—(...)

—Todo lo que tengo es tirando a gordo, tirando a «orro».

—Estás creciendo.

—Ya, eso dicen mis padres, por eso esperaba de ti una respuesta distinta.

—¿Esperabas de mí algo inteligente? Ya sabes que de eso no tengo.

—No, inteligente no. Esperaba algo mágico.

—Vale. Pues de eso sí tengo: tu cuerpo va a ser pronto el del año que viene.

—Hummm.

—En serio: el cuerpo de una Clara que ha crecido, ha estirado y se ha hecho más ella.

—Ya... Vale. Casi sirve, pero, mientras tanto, ¿qué hago?

—Pues crecer y reírte.

—Bueno, olvídate del tamaño y del grosor y vamos a la cara...

—Oye, Clara, con doce años, ¿dices mucho la palabra «grosor»?

—Claro. Tengo el diccionario en el móvil. Me gusta mirarlo.

—Mola.

—Céntrate, Mica, que babeas. No soy tan culta, es sólo que me gustan las palabras.

—Vale, vale, perdona, no quiero acomplejarte por ser pedante. ¿Qué pasa con tu cara?

—Que quiero saber si soy la más guapa de mis amigas.

—Pareces la madrastra de *Blancanieves.*

—No, la madrastra eres tú.

—Yo no soy tu madrastra.

—Sí, Mica, porque eres la mujer a la que quiere mi padre.

—¿Y tú qué sabes?

—Lo que veo y lo que me cuenta.

—Hostia…

—Mica, no hables así, que soy pequeña.

—Perdona, volvamos a tu cara.

—No, a la mía no. A la de mis amigas. ¿Quiénes te parecen guapas?

—Tú.

—¿Quién más?

—María.

—¿Y Carlota?

—Carlota ha sido siempre guapa de otra manera. Nunca ha sido una niña guapa, ni una adolescente mona. Ha sido siempre, desde pequeña, una mujer guapa.

—Igual eso explica por qué no les gusta a los niños. Y por qué no es una guarra como Laura.

—¿Guarra?

—Se tiró al tío que le gustaba a María.

—A ver, Clara, que tenéis doce años y tú usas el diccionario… ¿Se lo tiró de tirárselo o de enrollarse con él?

—¿Te escandalizas, Mica?

—No, sólo pregunto.

—Se lo tiró de tirárselo.

Y mientras me angustiaba que niñas de doce años a las que adoro anden follando —¿con o sin condón? ¡De ninguna manera! No es posible. Me vacilaba, exageraba… No follaba—, se me iba pasando la depresión. Porque, eso sí, los niños atan, pero, sobre todo, anclan: al suelo, a la realidad, al presente.

Al ya.

A veces, en plan cruel, exagero y amplío estas conversaciones con Clara para putear a Manu. Como hoy, que me está chinchando él, y Diego sigue sin llegar, y aún no hemos acabado el CV, y Miguel ha llamado que está cansado de dar vueltas y darnos tiempo, que se apunta a la fiesta que hemos montado en su casa.

—Mica, no me asustes, que Candela tiene siete años, no me digas que le quedan cinco para andar desnudándose delante de niñatos de mierda…

—Manu, lo siento: tenías que haber enviado los espermatozoides del cromosoma X al óvulo de Marta, en vez de relajarte, que te quedan dos cuartos de hora para vivir el resto de tu vida sabiendo que tus niñas se retuercen de placer y de dolor con hombres que a veces las querrán y a veces no.

—¡Joder, Mi-ca!

8

Penas

Lo bueno de las *startups* es que se pusieron de moda, así, en general, sin que hiciera falta demostrar sus resultados. Por eso me llamaron de la gran plataforma: acostumbrados a ser grandes, sabían que su movimiento era ya pura inercia, y que necesitaban absorber la energía de los pequeños, su agilidad, su inocencia, su creatividad, sus ganas, sus maneras...

La cadena cuyo nombre se pronuncia siempre con miedo o con rencor, y nunca con indiferencia, quería volver a nacer. Desde dentro. Con los mismos generales y algunos soldados nuevos. Como yo. No tan nueva, no tan joven, pero sí muy resultona: periodista, gestora, habiendo pasado por internet. Hasta lo de mujer les venía bien.

«Ven, pasa al lado oscuro que es el único y verdadero. Ven y ayúdanos a ser lo que ya somos. Ven...»

Es lo que tienen los cantos de sirena.

Las promesas.

Los principios.

Las declaraciones de intenciones.

Y los propósitos de enmienda.

Que los escuchas porque quieres.

Aunque oigas lo que no dicen.

Aunque callen lo que no oyes.

Me contrataron para inventarles un futuro, y luego me encerraron en su pasado.

Porque esa gran plataforma era, en el fondo y en las formas, idéntica a aquella redacción que Lucho manejaba entre la cobardía y la soberbia.

Ya da igual.

Yo quería retomar algo parecido a una carrera profesional y coincidí con un alto ejecutivo que, armado de criterio y buena intención, decidió hacer el esfuerzo inútil de contratar a alguien externo.

—Queremos que nos traigas aire fresco. Nos encanta que vengas de mundos más pequeños, más interneteros, más alternativos, y que compartas la vocación por el periodismo y el rigor, y nuestra línea editorial. Y encima eres de las pocas periodistas que conozco que creen que es compatible cambiar la sociedad haciendo dinero.

—Es que el dinero es lo que te da libertad.

—¡Exacto! —exclamó el tipo entusiasmado como si jamás alguien lo hubiera expresado tan claro.

Tardaron sólo unos meses en despedirlo.

Lo echaron por ser alto, guapo, educado, trabajador y serio; por tener argumentos.

Mala señal.

Él encontró trabajo enseguida. Un trabajo del que esperaba menos y en el que le dejaban hacer más. Yo me quedé en el *Titanic* como un brillante error de *casting*, un elemento eficaz y extraño, y fui pasando de mano en mano, de jefe en jefe, y a todos los agoté y todos me agotaron.

Hasta Ricardo.

«El talento no es dócil; no puede serlo», me dijo una vez el mejor creativo publicitario que conozco. Es cierto, y también lo es que el talento no necesita mandar, sino ser respetado: que te escuchen aunque no compartan tus ideas; que hagan lo que les parezca, pero habiendo entendido bien tus argumentos.

Lo que viene a ser que te paguen por pensar.

Pero no.

—Haz el favor de no pensar, guapa —me gritaba Ricardo, mi último jefe, ya desesperado.

—No puedo.

—¡Pues lárgate de mi despacho, joder! ¡Vete a pensar a otro sitio!

—(...)

—Sal, Micaela, en serio. Vete de aquí, que me cansas y ya sabes que a mí todo me da pereza.

Ricardo no era malo, que para eso hay que esforzarse, sino indolente.

Aquella empresa tan importante, la que pudo haber sido y no es, se desmorona por pura negligencia, porque sus directivos creen que la mejor manera de no equivocarse es no hacer nada y, luego, gritar que nadie les da ideas, que tienen mal equipo, que la culpa fue del cha-cha-cha.

La frase favorita de Ricardo, por ejemplo, era una compleja oración reflexiva.

«Me la suda, Micaela. Y me la suda que a ti no te la sude.»

Literal.

La repetía siempre, aumentando la frecuencia y la intensidad del sudor a medida que las cosas se complicaban.

—¡Avísame cuando algo te importe, joder! —le grité yo una vez, cabreada e impotente, traduciendo su «me la suda» por un verbo más digno. Nunca me avisó, claro.

Lo que hizo fue ocultarme, no fuera a ser que alguien me preguntara en qué andaba pensando y tuviéramos que presentarlo, defenderlo y hasta hacerlo.

Me tuvo más de un año sin dejarme asistir a ninguna reunión, y como no es mal tipo, luego venía de buen rollo, casi empático: «¿Cómo andas? ¿Impaciente? ¿Jodida? ¿Con ganas de hacer cosas? Eso es porque tú todavía eres joven y no has cumplido los cincuenta. Ya verás, Micaela. Que todo es mucho más básico: a mí si me despiden, me ponen en casa, que llevo aquí muchos años. Así que no me pongas caritas que te lo repito despacio: me-la-su-da. A cambio, cuando quieras te invito a una copa. ¿Que no…? Pues tú te lo pierdes, guapa…».

Mi madre, mi hermano Pablo y mi amigo Diego.

He tenido siempre tres periodistas cerca para compartir información, planes y proyectos sobre la profesión. También, en esta última etapa, para que entendieran mi desencanto y mi dolor.

Dolor general, digo. Más allá de mi jefe.

Con las cosas que se hacen y las que no se hacen. Con lo que se dice y lo que se calla. Con la mierda que ves cuando estás demasiado cerca de la cocina.

Cada uno de los tres lo sentía a su manera.

Mi madre no se quiso rendir, pero a veces le podía la tristeza:

—Luchamos tanto, teníamos tanta ilusión… Y ahora da todo igual. Políticos mediocres, periodistas complacientes… Ninguno vió venir la crisis, ninguno atisba soluciones. Ni las crean. Me consuela, Mica, que aunque parezca que han roto la sociedad no han conseguido romper a las personas.

En esa misma onda, aunque más salvaje y menos melancólico, andaba Pablo. Cambiando el mundo en la calle (desde la calle, con la calle, para la calle) y renunciando de forma tajante a los medios de información pero nunca, jamás, al periodismo. Haciendo y contando, contando y haciendo.

—Pasa, Mica. Tu empresa es «el» problema. Y encima son unos paquetes. Que vengan los mentirosos listos, porque éstos se mienten a sí mismos y sólo se lo creen ellos. Que son bobos, Mica: sus mentes progresistas fabrican argumentos de salón y hace siglos que no pisan calle, que caminan levitando sobre moquetas de lujo. Son unos mierdas, hermanita: te imponen por lo que fueron y no se miran al espejo para no ver que ya no son nada. Que no Mica, que no, que no nos representan, que nos avergüenzan…

Diego, desde su multinacional educada, cívica y moderna, también se rebelaba a su manera, contra la decepción y la impotencia. «Joder, Mica, es que estas cosas que cuentas… Son delictivas, delitos contra la democracia.»

—Ya, lo que pasa es que cada uno define democracia a su manera. Y éstos todavía creen que son los dueños del debate.

—¿Los dueños de qué, Mica? ¿Quién los escucha? ¿Quién los ve? Nadie.

Ése era Pablo, radical y brillante. «Periodistas que hablan sólo para políticos, políticos que gobiernan sólo para los periodistas. ¿Cuántos ciudadanos los respetan? ¿Cuántos los creen? Uno o ninguno. Ellos no cuentan con nosotros y nosotros no contamos con ellos. Deja de pensar en lo que no hacen y en lo que no te dejan hacer, en las cosas que sabes y no deberías saber, en lo que no sabes y puedes imaginarte… Estás en el lado oscuro, Mica. Sal…»

—¿Y de qué vivo?

—De lo mismo que los demás, de algo que no quieran venderte como verdad y que sea cierto y tangible.

—Tú quieres hacer cosas, Micaela; yo quiero que las cosas me pasen por encima sin hacerme daño. Tú esprintas, y yo soy un maratoniano que no se mueve de la silla. Y te digo una cosa más: voy a ganar yo. Me juego los huevos…

Algunos ejecutivos de empresas modernas parecen salidos de las empresas rancias de los sesenta. Son esos tipos que siempre andan con sus secreciones corporales a cuestas y los cojones encima de la mesa, los que hacen lo que les sale de la polla y entonces no hacen nada. A mí, en los buenos tiempos, sólo me daban asco y pereza; ahora, viendo cómo estamos, rabia, pena y vergüenza. Ésos son los que mandaban, ésos los que siguen mandando, y así nos va.

—Manu, es repugnante despachar con un tipo que te mira las tetas y sólo habla de sus huevos y sus sudores; pero es que lo de no pensar no sé ni cómo entenderlo cuando mi trabajo es creativo, inventar productos, servicios y modelos de negocio.

A Manu, que nunca ha creído demasiado en la información independiente, le importaba menos el fondo, pero le escandalizaban las formas de mi jefe, tan lejanas de su educación, su responsabilidad y su paciencia. Y aun así intentaba aplacarme.

—No seas dramática, Mica. Puedes pensar en casa; mientras tanto, relájate, haz lo mínimo imprescindible, pilla otra hora de yoga…

—Es que me pagan por pensar, Manu.

—No, no te pagan por eso. Porque es obvio que tu jefe es un imbécil y que tú pienses le sale carísimo.

—Pues a la empresa que él sea tan imbécil no le sale barato.

—Ése no es tu problema.

—No, es el de esta sociedad en la que mandan los tontos y los vagos, y sólo ascienden los cobardes.

—Mica, en serio, te vas a provocar un cáncer. La vida es un poco más fácil, no hay que arreglarlo todo a la vez. Sé feliz, tía; o ten paz, por lo menos.

Lo intenté, lo intento, pero me supera. En esta época de desempleo y de miedo, cuando lo urgente es también lo importante y es el momento de crear, invertir e inventar, gobiernos y empresarios, que en vez de recortar han talado, se permiten el lujo de poner (o mantener) despacho y sueldo a vagos redomados y a corchos expertos.

Manu se puso muy serio la última vez.

—Déjalo, Mica. Tampoco te sientas tan orgullosa de ser alternativa e indómita. Te haces daño tú y haces daño a los proyectos que te importan. Es cierto: tu empresa se está suicidando y tus jefes son unos imbéciles con suerte, pero tú no eres inocente, que con todo lo lista que eres no has sabido adaptarte y buscarte una vía para hacer sin que te paralicen.

—Joder, Manu, no te pases, que no estoy orgullosa de ser una incomprendida; lo que estoy es jodida. Gran parte de lo que soy es mi trabajo y me paso catorce horas al día dejándome la cabeza, la piel y el alma en hacer cosas que demuestren las bondades de la empresa y reduzcan sus defectos, eso es lo que hago y eso es lo que soy: trabajo. Y no me dejan serlo.

—Ya, Mica, pero no arreglas nada dándole vueltas. Sé feliz. Sé valiente. Sé tú misma. Y disfruta haciendo lo que haces, aunque no te dejen sacarlo adelante.

La virtud, que diría Aristóteles, está en el término medio. Y Manu lo veía desde fuera, y yo desde demasiado dentro.

No me muevo bien en el término medio.

Así que, aprovechando que todo coincidía —el periodismo se revelaba como una superchería con pretensiones, mi jefe sudaba y me ninguneaba, y yo iba dejando de ser una chica mona y lista para convertirme en una mujer conflictiva—, decidí refugiarme en el lado equivocado. No en Miguel, no. Para qué, si Miguel me daba paz. Me refugié en el sexo.

Manu y Diego siempre han creído en mí y en un mito que se han inventado: que elijo con quien me acuesto y a quien quiero. Pero no. Mientras a mi jefe le entraban los sudores, yo sudaba con un hombre muy poderoso y muy casado, sin querer, sólo porque él quiso.

Me sentía tan anulada que, en plan adolescente (en plan imbécil, más bien), soñaba con que yo le quería, y con que él me rescataba. Un error monumental confundir el deseo con la salvación. Y, encima, éste era un tipo listo, seductor y elocuente; un tipo sin principios y sin alma.

Sólo se lo conté a Ana. Hay cosas que se dicen mejor por e-mail y ella, en otro continente, no me iba a juzgar. Ana y yo lo llamábamos el «rufián», porque es un calificativo tan rancio como él y su discurso: «Yo te voy a cuidar. Conmigo no te va a pasar nada», un clásico.

Promesas vanas que, en su descargo, enseguida matizó con una sinceridad aplastante: «tienes ojos de follar mucho y bien», «me das vida», «mi mujer no me la ha chupado nunca y tú lo haces como si lo hubieras hecho desde siempre».

Y con la autoestima por el suelo, yo que siempre he presumido de independencia, que siempre he querido ser libre antes que cualquier otra cosa, tenía ñoñas fantasías de dominación. Quería, por ejemplo, que me comprara ropa, que me vistiera, que me abriera la puerta del coche.

Y que me pagara el piso, la verdad.

Quería que me salvara de la quema. Y quería que fuera él porque él podía, y quería que fuera amor aunque sabía que era mentira.

No me atrevía a contárselo a Miguel, no me atrevía a confesar a mis hermanos y a mis amigos que estaba perdida y no me atrevía a responsabilizarme de mi hambre, como pide, con razón, José Luis Sampedro y exige el mundo en que vivimos.

«En mi hambre mando yo.»

Con el tipo poderoso había, también, un problema generacional. No es fácil entenderse con un hombre cuya primera virgen fue una conquista: es un cruzado. Cree que tiene que darte algo a cambio de tu honor y entonces se empeña en prometerte un amor que no siente ni ha sentido en su vida.

—Oye, que a mí me basta un orgasmo.

Pero para eso tuvo que pasar tiempo. Tiempo de desearlo, de que me fallara, de confiar en él, de que me humillara. Tiempo de hospitales y de miserias. Tiempo interno para asumir que no era eso lo que yo quería.

Le abrí paso hasta mi cama mientras me hacía promesas que yo necesitaba oír (cuidarme, quererme, conseguirme otro trabajo). Y no me dio nada, porque estaba podrido por dentro.

Y, entonces sí, entonces un día fue sólo sexo.

—Que no, Mica, que eso no es sólo un polvo, que yo te quiero y conmigo no te va a faltar de nada...

—No, tú quieres que yo te quiera, que no es lo mismo.

—¡Mica, te lo juro!

Reconozco, no obstante, que el sexo con ese redentor mentiroso siempre fue bestial. Tenía una polla grande y dura, y no me gustaba por dentro, pero me ponía muy bruta por fuera.

La última vez fue en mi casa.

«No te voy a tocar. Sólo quiero saber cómo estás, y ayudarte.»

Le conté las últimas cagadas de mi empresa, un lujo de información para un traficante del poder como él, y me recosté en el sofá, resacosa, que la noche anterior había salido con Diego hasta las mil. Yo le iba poniendo al día y él, muy empático, me iba metiendo los dedos.

—Para que te relajes...

—O para ver si echamos un polvo.

—Yo contigo sólo hago el amor.

—Ya.

Y entonces me acordé del budismo y de su lado práctico: «vive el presente» se puede traducir como un tremendo «*so what...?*».

O, en traducción libre, a quién le sobra un polvo.

Y me dejé. Me dejé y por primera vez en mi vida, tan mayor, me regalé sexo egoísta: ya no me apetecía chupársela, como hice tantas veces; ni besarle, ni que me tocara las tetas.

Sólo quería usarlo. Correrme. Tener un orgasmo. Y que luego se fuera. Dormir. Olvidarlo. Responsabilizarme. Crecer de una vez.

Me metió tres dedos por sorpresa. Y yo estaba húmeda, tirada, perezosa. La humedad le supo a invitación y se bajó los calzoncillos y me metió la polla. Allí mismo, en el salón, al lado de la cerveza que apenas había probado. No le dejé entrar en mi cuarto, ni rozar mi cama. Le tuve así, de rodillas, castigado delante del sofá. Para que fuera más rápido, más impersonal. Sin desvestirme, sin dejarle desvestirse.

Y cuando ya estuvo dentro, le dejé que me la clavara con fuerza mientras yo me tocaba también, sin mirarle, sin pensar en él. Me corrí pronto y fuerte, porque siempre hacía que me corriera, y entonces lo aparté de un empujón y lo dejé a medias.

Sin piedad.

Me levanté, me fui al baño, volví y lo encontré diez años más viejo, casi hundido.

Desnudo, ridículo delante del sofá.

—¿Qué pasa? ¿Qué ha pasado?

—Nada.

Por una vez gané yo: es una sensación de poder muy adictiva y muy cruel la de romper a alguien por un detalle tonto, así, con la polla colgando, sin excusas ni compasión.

Observé, curiosa, desapasionada y ajena, todo su desconcierto: la forma en que intentaba besarme y ser besado, en que buscaba una explicación que yo ni podía ni quería darle.

Él se quedó roto y yo recompuesta, entera, lista para que siguieran haciéndome daño en el trabajo y en el hospital, muy salvaje, muy punkie.

Ya no tengo edad de ir rompiendo corazones, y tampoco me gustó, que no soy una hija de puta. Pero, de alguna manera, fue como ir al osteópata: te retuerce a traición y, cuando te crujen los huesos, sabes que por fin estás colocada. Yo le retorcí la autoestima al redentor, no por venganza, sino para volver a mi ser.

Para poder dejarlo.

Recompuesta y rodeada de la luz de mis mujeres. Mi madre, Clara y Ana.

Ana, empeñada, además, en regalarme algo más. «Ternura y que te dejes acariciar.»

Con ese pragmatismo sereno que es su estilo, me propuso buscar a un tipo sensible en una de esas webs, un telacuelo.com, pero no.

—Anita, que prefiero mil veces quedarme en casa leyendo que salir para contarle a un tío que igual me produce rechazo en el minuto uno que sí, que soy periodista, que me apasiona el cine en versión original, y que si me deja olerlo sabré si me van a gustar sus caricias.

—Hay un filtro, ya lo sabes. Tú cuentas lo que quieres de ti, lo que te puede ayudar a que no te entre cualquiera; pero, sobre todo, lees lo que ellos dicen y lo que no dicen. Se puede saber mucho de alguien al ver cómo se define.

—Está claro. Por ejemplo, te ahorras de entrada el contestar a todos los que no saben usar los signos de puntuación.

—O no. Depende de lo que te importe. Yo soy más tolerante con la gramática, Mica.

Ana me hacía reír, sí. Y mi madre también. De otra manera.

—Tiene gracia, Mica, pero te recuerdo chata y mofletuda, con una preciosa cara redondita, y ahora te miro y veo la nariz aguileña de mi padre y los pómulos de una mujer demasiado delgada.

Ésa era mi madre, queriéndome y regañándome a la vez desde la cama del hospital en que se recuperaba, como podía, como podíamos, de una operación de mierda.

Me gustaba más ser hija cuando mi madre no me necesitaba. Creía que podría ser siempre la hija. Que siempre tendría a alguien pendiente de mí. Pero en el hospital nos diagnosticaron roles diferentes: mi madre era la enferma, yo la que debía cuidarla.

Y lo peor es que no encontraba palabras de consuelo.

A la edad que tenía mi madre hay que ser muy fuerte y saber vivir mucho y bien el presente porque el futuro ya no existe. ¿Qué le podía decir yo? ¿«Mami, vas a superar este cáncer y ya no se va a reproducir»? Mi madre tenía muchos años, y llevaba ya varios tumores: si no era aquél sería otro.

No sé si los miedos son parte de un CV. Supongo que sí. Yo estaba aterrada.

Me aterraba su pérdida. Y odiaba, sigo odiando, esta edad de mierda, esta edad en la que estamos Manu, Diego, Ana y yo, y hasta Miguel. Esta edad en la que iba a morir mi madre, y morirían los padres de mis amigos, y nos besaríamos en tanatorios y funerales, y lo mejor de nuestras vidas se quedaría siempre detrás, cuando estábamos todos, cuando no faltábamos ninguno.

Si ha pasado tantísimos millones de veces, la humanidad debería haber inventado ya una cura, una píldora o algo que nos ayude a llevar bien la enfermedad y la vejez de los padres. Y después, sobre todo, su ausencia.

En el hospital, yo intentaba borrar el cáncer de mi cabeza y mi madre volvía a él para hablarme de cuidados paliativos, testamentos vitales y desenchufes, para enfrentarme a la realidad y a la evidencia. Porque a ella no le daba miedo morir, sino perder facultades, y depender de mí y de mis hermanos, y ser una carga, y hacernos daño.

Aquella angustia de perderla se había hecho, a la vez, constante y urgente, como una garrapata que me tenía encogida el alma, y que apretaba hasta ahogarme. Cada vez que estaba en una reunión y no le podía coger el teléfono, cada vez que le contestaba con impaciencia, cada vez que salía de su casa, o del maldito hospital, pensaba: «¿Y si es la última vez que la toco o que hablo con ella?».

Si era la última vez y no le podría contar, por ejemplo, los problemas de Clara con su himen.

«Repliegue membranoso que reduce el orificio externo de la vagina mientras conserva su integridad.»

«¡Tanto rollo por una membrana!», protestó levantando la cabeza de su móvil con *app* de diccionario.

A mí la idea de la virginidad siempre me ha parecido escurridiza. ¿De verdad es tan distinto que te rompan el himen que todo lo que no computa? ¿Cuántas veces te puedes morrear, frotar, restregar con un tío (o una tía, que ésa es otra) hasta que se puede decir que has «perdido» la virginidad?

Pues todas las del mundo.

Sin penetración no hay sexo, que ya nos lo enseñó Bill Clinton. O quizá lo que no hay es pecado. Porque, técnicamente, sin penetración lo que se evita es el riesgo de embarazo, y debe de ser eso, que el pecado es sólo concebir; que pecar es un verbo que depende del resultado, y no de la acción ni la intención.

O sea: haz lo que te salga de las narices, pero que no se note. Con esta interpretación (la mía y la de una sociedad hipócrita), el pecado acabó el día en que se inventaron los preservativos.

A Clara todo esto no le interesaba.

—Explícame qué y cómo es el sexo, anda...

—Está mitificado, Clara. No es un misterio, no es nada.

—(...)

—El sexo es piel.

—Ya, ya, Mica, pero... ¿yo qué tengo que hacer?

Clara tenía quince años y parecía más joven de lo que yo he sido nunca, lo cual sólo significa que ya soy una vieja cascarrabias y estoy llena de prejuicios.

—Lo que quieras siempre que sepas lo que haces.

—¿Y qué hago?

—Sólo lo que te apetezca, sólo con quien te apetezca, siempre con protección.

Clara quería saber hasta dónde podía llegar sin sufrimiento, sin quedar como una cortada y una niñata con el chaval que le gusta, sin provocar que la llamaran zorra los amigos celosos del chaval, sin escandalizar a su pandilla de amigas que parecen su club de fans.

Lo que ella quería era una frontera por la que contonearse, ligera y coqueta como una equilibrista.

Lo que ella quería no existe.

El sexo no es una frontera, es un camino.

A veces una mierda de piedra y roca que no lleva a ninguna parte.

A veces un paseo por las nubes.

Y, casi siempre, ni una cosa ni la otra; algo divertido, generoso, rico que, en realidad, tampoco tiene tanta importancia.

—Ya, ¿pero tú te acuerdas de la primera vez?

—Se llamaba Juan. Teníamos seis años y yo me dejaba pillar jugando a polis y cacos porque quería que él me persiguiera, que me atrapara y que me encerrara para siempre.

—¡Mi-ca!

A mi adolescente favorita nunca le ha gustado que le conteste la verdad. Prefiere mentiras adecuadas a su mundo de etiquetas y chats simplificados. Tampoco le vale lo enigmático.

—Déjate llevar —le dije sincera.

—¡Que no! Que no quiero dejarme llevar. Quiero saber hasta dónde llegar y cómo y cuándo parar.

Y como no encontré las palabras con que aleccionar a Clara para que hiciera exactamente lo que quisiera hacer, como tampoco podía hacerlo por ella ni con ella, me volqué en la práctica: zanahoria, preservativo, deslizamiento…

Para lo que sirva.

Tan modernos, tan tecnológicos, tan conectados. Y seguimos sin pistas.

—¿Te consuela si te digo que él tampoco sabe lo que hace?

—No, me asusta aún más.

—Vale, pero tienes que recordar que no sabe lo que hace. Yo tampoco lo sabía. Ni la primera vez ni la última. Pero no soy un gran ejemplo.

Mi madre seguía en el hospital, y yo, representándola, en el tanatorio.

Mala mezcla.

Me he reído mucho yo en el tanatorio. En mi familia somos pulleros: nos vemos y nos queremos, nos vemos y nos chinchamos, nos vemos y lloramos, nos vemos y nos descojonamos. Juntos somos mucho y somos muchos. Y el tanatorio de la M-30 se ha convertido en uno de nuestros puntos de encuentro.

—Somos los próximos —le decía uno de mis tíos a su hermano, hipocondríaco perdido—, que ya hemos acabado el partido y estamos jugando la prórroga.

—Pues yo no estoy para penalties —se esforzaba el otro.

Sentados en un banco al sol, sonreían al mundo, a la vida pasada y a la muerte, y a mí me dolía ya un poco su futura ausencia. Porque me gusta que me duelan mis muertos, sus huecos; yo soy yo y mis agujeros negros.

Por suerte, sentir los muertos es justo lo que no se hace en el tanatorio, entre tanta gente, tanto cariño, tanto dolor.

Ves primos lejanos que te caen bien, primos cercanos que se han alejado, y a primos que son amigos y a amigos que son hermanos.

Ves a los amigos de tus padres, ves a los primos de tus primos y a los tíos de tus primos, ves bebés que, en algún lugar, llevan un apellido que también es tuyo.

Besas y te besan.

Te cuentan y te escuchan.

Te hacen las preguntas que ya nadie se atreve a hacerte y que tú no sueles contestar.

Dónde trabajas, tienes novio, para cuándo un hijo, y qué fue de aquel chaval tan majo.

Mis días en el tanatorio han sido vidas completas de dolor, abrazos y risas.

Pero éste era mi primer tanatorio sin mi madre.

Miguel estaba a mi lado, como siempre, y a su lado, que era el mío, distrayendo, que era lo suyo, estaba Clara.

—¿Tú te masturbas, Mica? —me preguntaba mi adolescente favorita en ese mismo tanatorio, ese mismo día.

—(...)

—Contesta.

—Claro.

Antes de nada, siempre ha estado todo ese rollo de no crearle un tabú. Pero yo pensaba que ella y yo ya habíamos acabado con el sexo...

—Mica, tengo quince años, acabamos de empezar.

—Pero no me lo vas a preguntar todo a mí, ¿no? Diversifica un poco, busca otras víctimas.

—No, claro que no. A ti sólo lo peor.

—Dime una cosa, locatis, ¿tú crees en el pecado?

—¿En el infierno y todo eso? No, claro que no.

—¿Y en la responsabilidad?

—¿De qué hablas, Mica?

Y lo buscó en su móvil.

«Responsabilidad: Capacidad existente en todo sujeto activo de derecho para reconocer y aceptar las consecuencias de un hecho realizado libremente.»

—¿Y qué?

—Que hagas lo que quieras, pero que lo hagas porque quieres. Que te lo he dicho ya mil veces.

—Jo, Mica, ya estamos con tus juegos de palabras.

—Que no es un juego, coño, que seas libre.

A Clara aquel día no le interesaban los conceptos filosóficos.

—¿Y por qué te masturbas?

—Porque me gusta, porque nunca hay suficiente sexo, porque relaja, porque yo sé cómo hacerlo...

—Mica, para, es demasiada información.

—Cierto. Pero entonces no me preguntes.

Al salir del tanatorio, caminé horas hasta casa, para ver si cansándome averiguaba quién era, qué quedaba de mí después de tantos muertos.

Quedaba el dolor: grande, sólido, real. Estamos condenados a vivir juntos. Él se va a ir haciendo más grande y yo voy a seguir llevándolo dentro.

Estaba intensa y cansaalmas hasta que pitó el whatsapp y me tocó vestirme de mi personaje lúcido, alegre y un poco cínico.

—¿Y cómo te masturbas, Mica?

—Hay cosas que tienes que descubrir tú, Clara.

—¿Me enseñas?

—No. Enséñate a ti misma.

—Budista.

—Vaga.

Aquella noche no fui capaz de ir a ver a mi madre. Recuperándose en el hospital para que yo la recuperara y pudiera volver a perderla.

En mi familia crecían los muertos y en mi trabajo, los locos.

«*A job should always keep you straining at the limits of your abilities.*» Eso dice Sloan Wilson en *El hombre del traje gris*. Claro que él no vivió esta crisis, que no es peor que otras pero sí nos ha pillado a casi todos peor preparados.

Políticos, banqueros y grandes empresarios. No lo vieron venir, no lo supieron frenar, no lo saben solucionar. Y no les tensa los límites, simplemente los enloquece: como en un manual de psicología, primero lo niegan todo; luego, cuando ya no hay manera de esconderlo, culpan a otros: la impresentable herencia recibida, el equipo de ineptos con el que cuento, los irresponsables que han vivido por encima de sus posibilidades...

Cada uno de estos locos poderosos busca su excusa. Aunque, la verdad, lo de poderosos es muy relativo. Porque poderoso es el que puede hacer, y los que salen en los medios y los que dirigen los medios, los que creen que nos gobiernan en general y en particular, no hacen, sólo se aíslan y discursean, ajenos al mundo, a la realidad, a los demás.

Por pura estadística, y quizá también porque las mujeres somos diferentes, suele ser hombre: un tipo inteligente (mucho) que lleva años (demasiados) mandando y que poco a poco fue reemplazando la visión por la soberbia, hasta quedar cegado y cruel.

Para evitarse la realidad, el tipo se rodea de gente que no le cuestiona y a la que es fácil humillar y culpar. Y ahí se queda. Pasan unos años y el tipo ha perdido ya casi toda su inteligencia por falta de entrenamiento (si nadie te da otro punto de vista, tú desaprendes a mirar): cada vez es más torpe y está peor informado, su equipo (llámese «corte») es cada vez más cobarde y más dócil. Y la empresa (o el país) se va a la mierda.

Dicen mandar unos tontos soberbios, emperadores desnudos que, como en el cuento de Hans Christian Andersen, ni ven ni se ven; sin pedir ayuda y sin que nadie se la ofrezca, sin hacer y sin poder. Cayendo hacia la nada ante quienes aceptan ser sus súbditos cobardes y no sus exigentes y activos colaboradores.

Bienvenidos al siglo XXI, bienvenidos a la crisis, bienvenidos a esta nueva realidad que es la de la Edad Media: si el emperador va desnudo y nadie se lo dice, morirá devorando a sus hijos, a sus ciudadanos y a sus negocios, habiendo consumido sus recursos.

Manu me regañaba entonces por mi visión catastrofista. Él es un optimista moderado y cree que los emperadores tienen algunas virtudes.

Puede ser. Yo no se las conozco.

De hecho, la plataforma audiovisual en la que yo trabajaba y el grupo de comunicación que la respaldaba estaban disfrutando su propio apocalipsis.

—Es el mercado, son los directivos.

—Mica, no te pases.

—No me paso, Manu. Pero si mandan con poder absoluto, debería ser para hacer; pero lo que impulsan es la inacción, la estulticia, la irresponsabilidad y la pereza.

Cuando en una empresa de contenidos e información, creativa y vital por definición, lo que notas es cada vez menos talento, valor, estrategia, ganas; cada vez más miedo, sometimiento, resignación, corbatas y poltronas… No sé. No puedo acabar la frase, pero el final no es feliz: es doloroso.

Un día me llamó mi jefe para soltarme un discurso e imponerme una petición:

—Micaela, eres muy buena en tu trabajo, pero debes renunciar voluntariamente a parte de tu sueldo para demostrar tu compromiso. Y, por favor, no olvides que eres imprescindible.

Bastante más largo pero así de absurdo y de contradictorio. Lo grabé en el iPhone por si acaso. Para Manu y Diego, para mi abogado, para mi testamento.

Y cuando terminó, deseando llegar al hospital, muy cansada de tanta tontería, le resumí las opciones:

1. *Si soy imprescindible, respetadme y motivadme.*
2. *Si no hago bien mi trabajo, despedidme.*

La tercera no la escribí, pero sí se la enuncié:

—Si lo que quieres es que renuncie voluntariamente a parte de mi sueldo para pagar, entre otras cosas, el tuyo que tan poco aporta, jura que vas a dejarme trabajar. Si no, te puedes ir yendo a la mierda.

Se quedó esperando que mi voz se quebrara del todo, que llorara como una mujer lo que él no había sabido argumentar como un hombre, pero al ver que no, me dijo que me tranquilizara y que disfrutara el fin de semana.

—Así que… tú eres Micaela. Me habían hablado de ti, me han dicho de todo, que eres lista, que eres conflictiva, que eres buena y que no hay quien te aguante. Pero te miro y lo que no consigo es verte como una ejecutiva, eres demasiada mujer; y una mujer, además, con cara de haber sufrido mucho… ¿Me equivoco?

Era la primera vez que veía al tipo que me interpelaba. Era nuestro recién estrenado Big Boss, el jefe del jefe del jefe de mi jefe, un hombre con fama de ser un borde muy inteligente. Casi la misma fama que yo, sólo que a él le pagan por ser un ogro.

El caso es que ese rollo del sufrimiento, la cara triste, los ojos marcados, me lo sabía de otro contexto: demasiado tarde y frente a un tipo algo bebido que se escoraba peligrosamente hacia mí. O sea, siempre en un intento desesperado de ligue, más amable, más generoso, más inútil… Igual de absurdo.

Y aquel día eran las once de la mañana y en la misma sala de reuniones estaban mi jefe y sus dos colegas: tres corbatas que miraban fijamente la mesa, penetrándola muy concentrados. Nada produce más satisfacción en una empresa asustada que oler una gran bronca y saber que no va contra ti. Por eso me habían llevado a la reunión: una nueva víctima, sangre fresca. Y a mí me daba todo un poco de pereza, el escenario, las corbatas cobardes, el ogro, la reunión...

Pero me gustaba mi trabajo, tenía aún cierta esperanza y me esforcé: rumié las posibles respuestas mientras él repetía la pregunta mirándome fijamente a los ojos, como un seductor, un hipnotizador o, simplemente, un jefazo que quería ponerme a prueba y, a ser posible, suspenderme:

—Dime, Micaela, ¿has sufrido mucho?

Creí que si era tan inteligente como decían, ya tenía algo ganado respecto a sus predecesores y los sinsorgas que nos escuchaban, mudos y huecos; así que me guardé la imprudencia y la causticidad en el bolsillo, y le contesté muy profesional:

—No he venido preparada para contestarte a eso. ¿Hablamos de trabajo, por favor?

Y se lo dije sonriéndole un poquito, casi nada, lo justo para que no se sintiera puesto en evidencia delante de esos esclavos que eran también mis jefes, que no se cabreara pero que sí notase una barrera y también una súplica: «*not here, not now, not ever*».

No lo conseguí.

Él siguió con sus preguntas. Y dándose solito las respuestas.

—Has sufrido porque te has atrevido a querer detrás de ese caparazón de intelectual atípica, que te sabes extraña y te gusta... Y ya, ya sé que eres lista, pero sobre todo eres rara e incómoda, y te gusta parecerlo. Te conozco, Micaela. Te conozco y no me disgustas, pero tampoco te lo tomes como un piropo.

Las corbatas ya levantaban la mirada aliviadas, aquella bronca no les iba a salpicar, les sobrepasaba y se había convertido en un espectáculo. Y entonces le sonó el móvil al gran jefe, la reunión se disolvió, yo respiré hondo.

Ya nunca más volví a verlo. ¿Para qué? Él, tan listo, ya había confirmado su prejuicio y ya me conocía; pero aquella primera y última reunión con él fue el perverso germen de este CV actualizado.

Aquella misma noche, Manu, Diego y yo habíamos quedado a cenar. Hablamos de hombres, de mujeres y de filosofía. Hablamos también de curro, como siempre. Me recomendaron que me fuera y no me fui, me gustaba mi trabajo. Me recomendaron que abriera un blog para contar estas miserias laborales y les dije que no, que a mí nunca me iba a salir tan bien como a Frédéric Beigbeder, que me despedirían sin hacerme millonaria, que me instalaría en sus casas y me bebería su ginebra, como una vieja loca, que no sabría qué hacer sin trabajar. Nos reímos mucho, y olvidamos al emperador y su corte de cobardes, pero ellos no nos olvidaron.

Porque no les teníamos miedo. Porque nosotros sabemos que la inteligencia no grita ni agrede, que la inteligencia escucha, duda y habla bajito. Pero eso ya no es mi problema, sino de los que allí quedaron: los regulares, los malos y hasta los buenos.

Yo estoy en paro y no hay futuro, que decía el punk. Desde luego, no hay este futuro. Pero sí hay otro. Con mis amigos, mis hermanos y mis muertos. En un paraíso que es sólo nuestro.

9

Paraísos

Vamos acabando y mientras esperamos a Diego, Manu me dice que lleva años acomplejado porque con Diego sí tengo tensión sexual y con él no, que Diego sería mi Harry si yo fuera Sally y él no tuviera a su chica.

—Sí, claro, seguro.

—Seguro, Mica, que tú tienes mucho morbo; todos te hemos deseado alguna vez…

En realidad, llegados a este punto del CV, el de mi último trabajo, Manu quiere distraerme para no regodearse; no le produce ninguna satisfacción haber predicho esto, pero lo hizo, me lo avisó: que después de aquella renuncia militante a bajarme el sueldo iban a despedirme, una heroína autodestructiva y una kamikaze; que les había humillado sólo para sentirme mejor que ellos, que ya lo era y que no necesitaba recordárselo.

Y yo le dije que no, que era buena en mi trabajo, que no podía tenerles miedo ni regalarles mi dignidad.

—Mica, por favor, no te inmoles. Elige tú el momento, que no te lo marquen ellos —me suplicaba Manu.

Pero ya no me quedaban momentos.

Mi madre había pasado de un cáncer a otro como quien cambia de curso escolar: con estrés y ganas de caer bien a los compañeros. Y, además, con una entereza y una serenidad que ella siempre tuvo y jamás quiso exhibir.

Porque mi madre, que se ganó la vida como periodista, nunca quiso hablar de sí misma, y, de repente, con el cáncer, se le escapaba su maravillosa forma de contarse.

—¿Sabes en qué pienso todo el rato, Mica?

—(...)

—En tu padre y en Alfonso X.

—¿Juntos? ¿Por?

—Porque tu padre era culto, y sabía citar, y siempre repetía esa frase que para algunos es misógina y para mí es vital.

—¿Qué frase?

Me ericé, como siempre que mi madre me contaba cosas de mi padre, y mi madre perdió la mirada en la ventana y se puso a recitar:

«La confusión del hombre, la bestia que nunca se harta, guerra que nunca queda, peligro que no guarda medida...»

—A estas alturas no voy a decirte en qué circunstancias me lo recitaba papá, pero te lo imaginas solita, Mica.

—Sí, sí. Me gusta.

Y sonreí, y mi madre sonrió también. A mí, a sí misma, a mi padre, a lo que fueron.

—A mí que me ves tan rubia y tan modosa me encantaba y me sigue encantando ser una bestia. Porque las mujeres no nos rendimos, Mica.

—(...)

—Y tampoco se rinde el cáncer, es bueno que lo sepas.

A mi madre casi no le quedaban órganos por extirpar. Las tripas, el cerebro, el alma. Estaba flaquita y guapa, como si fuera su avatar.

«Me voy a morir pronto, Mica. Y no sé qué decirte. Me gustaría ser una de esas madres sabias, escribirte una carta llena de amor, belleza y vida. Me gustaría abrirte los labios e inflarte con todo lo que te quiero, llenarte de cosas buenas para cuando yo no esté. Me gustaría, Mica, que pudieras alimentarte de mí, respirarme cuando te falte el aire. Sonreírme cuando te falten las sonrisas. Me gustaría, Mica, darte todo lo que soy, lo que he sido. Mi amor, el amor de tu padre, el amor que nos tuvimos. Me gustaría hacerlo sin presiones. Sabes que nunca he querido que vivieras mi vida, pero sí que quiero que vivas la tuya. Quiero, Mica, que te mires al espejo y te veas, que a veces no te ves. Porque eres lista, capaz y, sobre todo, buena. Y si no te ves, mira alrededor y mírate en tus hermanos y en tus amigos. Míralos y mírate en ellos. Mírate en Clara. Eso eres, Mica.»

Yo estaba llorando, claro. Pero mi madre fingió no verme y siguió mirando el cielo.

«Todo eso te quería escribir como una madre sabia, ya te lo he dicho. Y no puedo, no sostengo la pluma. Soy la madre que soy, y tú la hija que has querido ser. Así, medio distante, medio borde, medio complicada. Pero yo te conozco. Te sé entera. No importa, Mica; no importan los misóginos ni los bestias. Importa que seas, que sigas siendo, que sigas queriendo, que sigas andando. Y cuando yo no esté me recuerdas, ¿eh?»

Y lloré más. Más y mejor. Más y más llena.

«Que necesito saber que he sido y que me habéis querido, y seguir estando en vosotros. A ti te lo puedo decir, porque Pablo y Jon no me dejan. A ellos se lo vas a tener que escribir tú. Que son mis niños y van de machotes, y no te dejarán contárselo en persona, pero lo valorarán si se lo escribes y lo pueden leer a solas…»

Y entonces cerré los ojos y me sentí feliz. Absurdamente feliz. Porque estaba oyendo la voz de mi madre, que siempre me ha dado paz, y me veía en el bosque al que nos llevaba mi padre los sábados, con las bicis, un balón de reglamento y toda nuestra energía, que era mucha. Estaba hasta respirando el olor, el verde.

—Mica…

—(…)

—Que se me ha acabado el discurso trascendental, ¿me traes un vaso de agua?

Y mi madre me sonrió otra vez con toda su sorna dulce,

y me entendió, y yo la entendí, y el dolor no me lo va a quitar nadie, pero a ella tampoco la voy a perder nunca.

Recuerdo que tenía el móvil en silencio y, por una conjunción mágica, aquella tarde sólo entraron tres emoticonos: Manu, Miguel y Clara. Una sonrisa, un beso, un mordisco. Tres formas de querer y de saber estar con nosotras.

La casa de mi madre agonizante seguía siendo mi casa. Y también me daba paz.

Antes del cáncer iba a veces cuando ella no estaba. Paseaba por sus cosas, las rozaba con los dedos, sonreía, cotilleaba un poco. Respiraba mi infancia, mi felicidad, mi padre, la pareja que fueron y que, de alguna manera, aún eran. Y mi madre me olía después, me adivinaba y sabía exactamente lo que había tocado. Y no decía nada.

Aquellas últimas noches, cuando ya salió del hospital como ella había exigido, me quedaba dormida a su lado, acostada en mi infancia, queriendo aprehender a mi amatxo, y soñar sus sueños.

Con el móvil siempre en silencio para evitar a los necios y a los ladrones de energía. Conocidos que creen ser amigos. Compañeros de trabajo. Pretendientes inútiles. Gentes sin respeto por el aburrimiento propio y el tiempo ajeno.

«Para ver cómo andas, y cómo está tu madre, Mica, y no te entretengo.»

Y no, no me entretenían. Sólo querían que les escuchara. Yo no estaba para nadie que no me quisiera de verdad. Sigo sin estarlo. Lo siento.

Dormía y soñaba que escribía a mi madre mails y le contaba tonterías de esas llamadas que no cogía, de esos mensajes que no contestaba.

«Estas cosas te divierten y te irritan, mami, pero te gusta saberlas. Vivo en un país lleno de ruido, con una taladradora en la cabeza y otra en el móvil. A ti te ha pillado tarde, y me alegro, aunque habría necesitado aprender de ti, saber cómo lo habrías gestionado. Porque los malos, ama, y los pesados, y los indinos que diría papá, tienen ahora a su alcance millones de herramientas de tortura. El móvil, Twitter, Facebook y, sobre todo, el whatsapp.

»Cuando no es mi jefe el sudoroso, es un tipo que quiere que le escuchen.

»"Una mujer inteligente como tú...", me dicen siempre.

»Y yo les escucho.

»Y cuando acaban ellos llegan los pretendientes, los que no aspiran a que yo les quiera sino a creer que quieren.

»Te lo cuento, mami, para que mañana cuando te despiertes, tú lo leas como si fuera el ¡Hola!, *meneando la cabeza y sonriendo comprensiva ante la estupidez humana, la de tu hija y sus alrededores.*

»Te vas a ir sin sufrir el whatsapp, cada dos segundos un mensaje, que te echo de menos, que no sabes lo que te pierdes, que espero que seas feliz sin mí, que... Miles y miles de mensajes, todos con el "yo" por delante, y tu hija, mi propio yo, sin poder tirar el móvil al agua porque sólo tengo el de la empresa y, con la crisis y la tontería, nos exigen que prioricemos el whatsapp como herramienta de comunicación...

»... y el beep del teléfono como una pesadilla. Porque, además, mami, les dices que no puedes y, como es gratis y se aburren, siguen, y siguen, y siguen, y por qué no contestas...

»Ahora me imagino que mañana lees esto y le ves el lado positivo y me dices: "Pero eso es que les gustas, Mica", y que yo me impaciento y te digo: "No, mamá, eso es que no les gusta lo que tienen", y que tú te culpas de mi cinismo y luego te das cuenta de que es mi pose autodefensiva de siempre, y sonríes porque nada ha cambiado.

»Sé, mami, que vamos a seguir teniendo estas conversaciones cuando no estés. Yo contándote tonterías, tú sonriendo. Sin mencionar nada importante porque lo importante lo sabemos. Vendré a tu casa y dormiré en tu cama. Me maquillaré con tus sombras de ojos que no me quedan bien porque tú eres guapa y rubia y yo soy sólo obstinada.

»"Mamá", te diré bajito, "qué mayor soy para quererte tanto... Mamá, qué mail tan tonto te he escrito", y entonces miraré el móvil y tendré otros veinte mensajes, o ya, por fin, ninguno, y te seguiré queriendo, y te seguiré teniendo.»

Cuando salía de casa de mi madre esas mañanas que parecían de un otoño eterno, iba siempre en vaqueros y con botas, siempre adolescente, siempre punkie, siempre con todo por romper.

Salía a trabajar, y a no pensar, y a sentir. A soñar con un mundo mejor.

Salía a aquella empresa de locos y soñaba con Iznogud y ese día, una vez al año, en que el gran visir puede ser califa sin maquinaciones especiales, sólo porque la celebración de *El día de los locos* implica el cambio de todas las jerarquías: los esclavos se convierten en califas y los califas en esclavos.

El perezoso, plácido y algo abúlico califa es tan inoperante como lo eran mis jefes, pero mucho mejor persona, y yo querría sacudirlo un poco. Porque no es que me gusten las revoluciones y las anarquías, que también, es que no puedo con la inacción.

«Si yo fuera sabia y buena como mi madre, trabajaría mejor y más callada, y sabrían lo que valgo, o me daría igual que no lo supieran. Si yo fuera como soy, y si pudiera ser califa en lugar del califa, si dejara mi puesto de becaria venida a más (o de ejecutiva venida a menos, no sé) por unas horas de mando, despediría a todos

los presidentes de gobierno, ministros y directivos que no se atreven a pensar; que ni trabajan, ni dejan trabajar...»

Y recordaba a Álvaro y aquella teoría que me contó hace mil años, porque yo he caminado mucho para volver al mismo sitio:

«Mira, Mica, en todas las empresas, instituciones y gobiernos, hay una cuota obligatoria de "atechados", esas personas a las que tienes que cobijar, dar un techo, pagar un sueldo y fingir que respetas. El error no es acogerlas, el error es darles contenido. Quiero decir que si a todos los enchufados y malignos lo que les das es su nómina y mucho entretenimiento pero nada que hacer, sale más barato, porque no rompen lo importante.»

La teoría de Álvaro era implacable y exacta para mi jefe el pensador. Y yo nunca debería haberme ido de la empresa en la que trabajaba con Álvaro porque, aunque teníamos una importante cuota de atechados, nos sobraba un edificio, y Álvaro proponía instalar allí un futbolín, barra libre, salas de cine y videojuegos, pelis de todo tipo (porno también, claro, sin prejuicios y entre adultos consentidores)... Poner de todo, menos teléfonos y ordenadores con acceso al correo electrónico corporativo.

«Los tenemos contentos y ocupados, hasta divertidos, y no tienen tiempo ni de hacer daño, ni de meter la pata ni de dar por culo. Así de fácil y de barato.»

«No hay imbéciles baratos», había dicho el otro día un directivo de mi empresa. Y yo había pensado: «¡Hombre, por fin!». Pero no. Era sólo un dato objetivo, no un plan de acción.

Aquellos días, llena de amor, sonreía sola, colocando en ese edificio imaginario a algunos (¡y algunas!) que me iba cruzando en esa empresa que se despeñaba ante la más estruendosa inacción de sus gestores.

«Y tú más», sé que pensaban al verme. «Pringada, listilla, pedante. Zorra.»

Aunque entonces ya no me veía nadie. Ya no iba a reuniones, ya no pisaba las plantas de los despachos nobles. Y me daba igual. Nada en aquellos días tan plenos, tan conectados, tan lúcidos, podía robarme la energía de mi madre.

La tenía en la muñeca donde durante muchos años llevé el reloj de mi padre y ahora llevaba el de mi madre; la muñeca donde me había grabado aquel recuerdo de vida, a mi padre y a mi perro, y donde tenía que meter ahora a mi madre.

Aquellos días dejaba pasar las horas con la mirada perdida, y recuerdo que alguien me preguntó si estaba enamorada, y yo pensé que no, pero que mi madre se estaba muriendo y me había llenado de amor, y que no merecían saberlo.

«Sé que todo lo que no quiero saber me va a venir por ti. Todas las malas noticias que me quedan. Lo sé y vivo contigo, mamón, hijoputa, cabrón.» Eso le había dicho yo a mi móvil alguna vez, pero cuando llamó Jon tenía la voz suave; me dijo que fuera, y yo fui, y estuvimos los tres con ella, y hubo paz, y aquel otoño eterno se nos clavó dentro.

Como siempre que no quiero sentir, o que no sé cómo sobrevivir a lo que siento, me estaba enredando. Pero Pablo y Jon no tenían paciencia ni ganas para mi cháchara.

—«Orfandad» y «naufragio» deben de ser palabras primas. Porque las dos son polisílabas y muy literarias, pero nada cotidianas. A mí me suenan a Dickens, pero no a vida…

—(…)

—¿Qué pasa? ¿Vosotros no lo habéis pensado?

—(…)

—Que ahora sí que somos huérfanos…

Estábamos en el tanatorio, esperando a firmar unos papeles. Y Jon me miró asesinándome, y luego me perdonó.

—No, Mica, no somos huérfanos. Se ha muerto mamá, que no es lo mismo. Y deja tus chorradas, ¿vale?

Tenía razón. No era lo mismo.

Éste es el tanatorio que me quedaba, el peor. Y Miguel lo sabía, y estaba allí, con su sonrisa triste, que es mi favorita; la sonrisa de quien te puede abrazar para siempre, y taparte los oídos, y alejarte de todo.

Era como si Miguel hubiera crecido y ya no me sacaba dos cabezas, sino dos cuerpos y unas tres almas, y me abrazaba, y yo me perdía en su abrazo queriendo. Me perdía en

Miguel y no salía. Y no oía lo que les estaban explicando a Jon y a Pablo.

Féretros, horarios, tasas, papeleos.

No lo oía. Oía el amor de Miguel, su respiración, sus latidos. Oía ausencias y ruidos. Y sabía que me estaba escondiendo, que no era suficiente excusa eso de ser la pequeña y la única chica para delegar la burocracia del dolor.

«Bueno, vosotros me ganabais al Risk, sois más listos», pensaba decirles a mis hermanos algún día. Sabiendo que ni siquiera les haría gracia y que, además, daba igual, porque ellos ya me habían perdonado cuando nací. Pero entonces sí que oí un sonido conocido, alegre y lleno de vida: el ataque de risa de Pablo.

Mi madre nos había dejado pagado, con el seguro, un catering de pastelería buena, para que recibiéramos el pésame y repartiéramos jamón serrano, todo a la vez; y Pablo se descojonaba, y Jon le seguía, y yo salí de Miguel y les dije que se lo tomaran en serio, que íbamos a ganarnos la bronca del siglo si no encontrábamos servilletas de papel del color que a ella le hubiera gustado, porque mi madre elegía con mimo hasta el papel higiénico, y ninguno de nosotros había heredado ese talento.

Y entonces nos reímos los tres juntos, abrazados y tímidos, porque los Salazar somos unos progres intelectuales y siempre nos ha dado vergüenza querernos y tocarnos, pero ellos son mis hermanos y lo que queda de mi infancia, y yo soy lo único que pueden atacar riendo.

Miguel esperó a que se nos gastaran las risas. Que iba a ser cuando se fuera todo el mundo, todas aquellas personas que querían a mi madre y que, en realidad, nunca la conocieron, nunca atisbaron toda su inmensidad, lo grande y buena que era detrás de su elegancia y su belleza.

Lo sabíamos, lo sabemos Pablo, Jon y yo, y nos mirábamos. «Sí», nos decíamos con los ojos. «Está, es, sigue estando, sigue siendo.»

Por eso hacíamos lo que se esperaba de nosotros: saludar, agradecer, sonreír, asentir, dejarnos abrazar y besar.

Y, de vez en cuando, escaparnos. A la cafetería, a por una caña, a por un hijo o un sobrino, a por un amigo que sabía que necesitábamos la salida de emergencia.

O a por Clara. Que venía a contarme una historia que había inventado en mi honor: «Mica, mi primer trío».

—Clara, no hace falta, no necesito tanto consuelo.

—No quiero consolarte, quiero escandalizarte.

—No puedes.

—Ya, por eso me gusta hablar contigo.

—Te quiero.

—Y yo. Y lo del trío es verdad.

—¿Te gustó?

—No.

—Bueno.

Y así, en el bar del tanatorio, hablando de tríos con Clara, empezó mi nueva vida: la ausencia de mi madre era pura presencia.

Presencia y estabilidad, seguridad y certeza, como Manu, que llegó abrazado a Miguel, y me dio un beso en los morros para que yo reaccionara fuerte y le empujara en broma. Y luego me cogió la mano y no me habló; habló con Clara. De hombres, claro. Y luego con Miguel, de fútbol, claro también. Y lo hizo sin soltarme. La mano, el alma, la amistad, la vida.

Manu me cogió la mano tanto tiempo que nunca supe cuándo se había marchado con Miguel y nos habíamos quedado solos los tres.

Pablo, Jon y yo. Jugando a las palabras en la sala en la que velamos a mi madre. Primero a hacer rimas, luego a sílabas encadenadas y, al final, a la libre asociación y al silencio.

Aquella noche volvimos a fumar. Marlboro y algo de maría. No hablamos mucho. Nos bastó con querernos.

Al valle me llevó Miguel en su coche. Miguel también es familia porque jugó con nosotros de pequeño, en nuestro valle de Larráun, en otra vida, cuando estábamos todos, cuando también era otoño.

Este otoño que es ya eterno.

Convertir las cenizas en una ceremonia era un poco absurdo. Otra carga más cuando se trataba de evitarlas; evitar el cementerio, evitar la tumba, evitar los aniversarios, evitar los funerales… Evitar el recuerdo forzado para vivir siempre la ausencia.

Pero no encontrábamos alternativa.

—Podemos tirarlas a la basura o podemos aprovechar e irnos de fin de semana, ya que estamos.

Jon, en plan sensato, de hermano mayor. Y vale, aceptamos. Niños, cuñadas, mi ex omnipresente y mis primos, que no nos faltaran mis primos.

Por la mañana caminamos los tres hermanos solos hasta el bosque, hasta el árbol de siempre, el de la foto de mis padres que tenemos todos en casa. Y dijimos cosas que nunca podré repetir, y recordamos cosas que no habíamos vivido, y lloramos y reímos, y vaciamos aquella lata que no contenía, en realidad, nada de nuestra madre; nada.

En el camino de vuelta, volvimos a bromear, pero ya de otra manera: más adultos, más solos, más fuertes. Los gritos que se oían lejos no eran los nuestros, sino los de los niños nuevos. Mis sobrinos y los hijos de mis primos. De repente, éramos nosotros los mayores, y éramos muchos. Más de doce entre hermanos y primos hermanos, y los nueve que nos acompañaban en varios grados de relación política (alguno queda de primer matrimonio, otros de un buen asentado segundo turno, y hasta incorporaciones recientes, como la de Koldo que se empeña en presentarnos a todos y cada uno de sus ligues). Y Miguel, claro.

De los niños no se hablaba; ni de política, que estábamos todos muy de acuerdo. Mucho menos de la muerte, que la llevábamos tan dentro. Así que, poco a poco, los niños que éramos y que ya no seremos, con nuestros treinta y cuarenta, nos dejamos arrastrar por la edad y la melancolía: quién hace deporte, quién está para el arrastre, quién disfraza la calvicie de opción estética, cuántos divorcios nos quedan…

Y Jon se lanzó contra mí porque le volvía a doler todo y no podía soportarlo.

—Te quedan diez años, Mica; quince si te operas las tetas. A partir de ahí serás invisible.

Y su mujer, previsible como ella sola, le apoyaba tan sólida como una receta del *Cosmopolitan*: «Cierto, a los cuarenta y cinco, las mujeres nos volvemos invisibles y los hombres interesantes».

Y se lió: mis primos con Jon y Pablo, mis primas conmigo, mi cuñada aislada, Miguel callado.

—Algunas de vosotras estáis al borde del precipicio —seguía Jon—. Os vais a quedar solas. A nosotros nos esperan largas colas de rubias de veinte y de treinta; a vosotras no os espera nada.

—Porque esas mujeres de tus colas no tienen criterio.

—No lo necesitan, tienen mejores armas.

—¿Y qué pasa con lo que uno es, con lo que sabes dar, qué pasa más allá del cuerpo?

—No pasa nada. O sí, pasa. Con tus amigos. Pero más allá del cuerpo no se puede empezar una relación, con suerte sostienes una. Por eso os tenéis que dar prisa, sol-te-ro-nas.

—¿Y si no queremos estar en pareja?

—¿Y si las ranas volaran?

—¿Y si nadie quisiera estar con tipos tan frívolos como vosotros?

—¿Y si los mercados no gobernaran el mundo?

Un punto para Jon, que consiguió distraernos del dolor y devolvernos a las pullas y las risas. A las broncas de la infancia, traviesas y revolucionarias, certeras y tiernas.

—Parece que buenas no estamos, prima, pero al menos estamos lúcidas.

Eso le dije a mi prima Sol, que se partía y a mí me gusta su risa. Nos refugiamos en la cocina y yo le hablé de hombres para no hablarle de madres, que eso ya lo sabía, lo sabía todo Sol.

—Oye, Mica, ¿cómo está tu ex?

—Ya le has visto ahí fuera. Está y es.

Para eso sirve la poesía, para decir lo que tú sientes y no sabes. Y yo pasé todo el viaje de vuelta invadida por W. H. Auden, googleando «Funeral Blues», recordando *Cuatro bodas y un funeral*, que tiene esa escena tan mía de muerte y amor.

Detén todos los relojes, desconecta el teléfono,
evita que el perro ladre con un jugoso hueso,
acalla los pianos y con redoble amortiguado
que vengan los dolientes, haz salir el ataúd.
Que los aviones den vueltas allá arriba
garabateando en el cielo el mensaje: «Ha muerto».
Pon crespones en los blancos cuellos de las palomas públicas,
que los guardias de tráfico lleven guantes negros de algodón.
Era mi norte, mi sur, mi este y mi oeste,
mi semana de trabajo y mi descanso dominical,
mi mediodía, mi medianoche, mi canción, mi charla;
creía que el amor duraría por siempre: era una equivocación.
Ahora las estrellas no son bienvenidas: apágalas todas;
recoge la luna y desmantela el sol;
desagua el océano y barre el bosque;
pues ahora ya nada tiene solución.

Pero a Miguel no le gustaba. «Ese poema, Mica, es para mí. No es un poema de familia, sino de amantes.» Y se puso muy serio, y me juró que no se iba a morir antes que yo, que yo ya había perdido demasiado, que él iba a cuidarme, y a quererme…

—Eh, esa frase es de Manu. «Que te quieran y te cuiden…» —le dije para parar el drama, y el cariño, y las ganas de dejarme caer en picado al amor de Miguel, y las de llorar hasta morir.

—Y no le haces caso nunca, Mica. Y es tu mejor amigo.

—Miguel, mi vida, no es el momento.

—Sí lo es, Mica, todos los momentos son nuestros. Si no, los perdemos.

Y ahí sí, lloré. Por fin. Lloré todo, tanto que Miguel no me llevó a mi casa, sino a la suya. Y me quiso y me cuidó. Aquí sigo, desde aquí escribo.

Está todo estipulado en algún convenio. O en una ley. O en algún documento arbitrario: cuántos días dura el luto. Lo que no sé es quién lo ha pensado. ¿Un legislador, un experto, un sabio? ¿Alguien se ha sentado y ha calculado que sí, que al ser tu madre un familiar en primer grado y morir de cáncer en la misma provincia en la que resides, exactamente en cuarenta y ocho horas estás preparado para volver a trabajar?

Ya... estoy siendo cínica.

Pero no me gustó que mi jefe me llamara cariñoso el día de la incineración. Que me dijera que sí, que claro, que necesitaría más tiempo, que me cogiera unos días, que tranquila.

No me gustó que me mintiera él en particular. Tampoco me gusta en general, que me traten con cuidado.

«*Handle with care*», parecía llevar escrito en la cara cuando volví a la oficina y me saludó gente que siempre me había evitado, y me rozaron el hombro los hijos de puta, y los que me querían de verdad me cogieron con fuerza y lloraron las lágrimas que yo ya no tengo.

Hasta que llegó la del convenio.

—¿Tienes el certificado? —me preguntaba la jefa de recursos humanos.

—¿Qué certificado? —contesté yo por puro y sincero desconcierto.

—El de defunción.

No le dio corte preguntarlo. No fuera a ser que yo me hubiera inventado la esquela, y la urna, y el árbol; todo para poder faltar al trabajo. No fuera a ser que, ya puestos, me hubiera inventado una madre, yo que era un problema, una mujer conflictiva, una promesa fracasada.

—Tranquila, Mica.

Era una compañera, una amiga.

Me llevó a mi despacho, cerró la puerta y me dejó sola. Pensando: «*Primer día de trabajo después de la muerte de mi madre*».

Encendí el ordenador y no había cambiado: seguía siendo el ordenador malo, deficiente e inútil que tenía cuando mi madre estaba viva. Un grupo de comunicación tan moderno y tan digital. Ya. Quizá si sus equipos informáticos funcionaran, esa empresa tendría sentido. Mientras esperaba a que mi trasto se incorporase al siglo XXI, empecé a escribir notas y a mandármelas al mail desde el teléfono:

«Primer día. Vacío. Primer día. No estoy.»

No estaba, no. Era una zombi. Fui al baño a verme muerta y me encerré delante del espejo. Me hice muecas. Busqué mi propio desprecio:

«Soy imbécil, mi madre muere y yo hago gestos en el baño.»

Y entonces la vi detrás de la ventana, mirándome, queriéndome, regañándome…

«Mi-caaa.»

Volví al despacho. El ordenador se debatía. Parpadeaba y

seguía en la duda. Cogí un lápiz, despegué un post-it grande y lo dividí en dos columnas. A la izquierda, fui apuntando las cosas que tenía que hacer en el trabajo, todas urgentes; a la derecha, apunté las cosas que tengo que hacer en la vida, todas importantes.

Casa. Organizar la casa de mi madre. Pablo y Jon. Hablar con los hijos de mi madre. Miguel. ¿Miguel?

Y entró mi jefe.

—Micaela, ¿todo bien? Ya sabes que lo siento.

No le contesté. Había pasado una hora desde que entré en el edificio. Me quedaba varias antes de poder salir de allí con algo de dignidad, fingiendo que había vuelto.

Me paseé. Que me vieran. Que mañana no quede nadie a quien saludar por primera vez. Por primera vez desde que mi madre ha muerto.

No quería más caricias. No quería más pésames. No quería más nada. Y, de repente, sonó el móvil. Miguel. «Hola.» Pero no pude decir más. Me choqué con mi jefe. Otra vez. Ya era casi un milagro que él estuviera en la oficina y que me hablara. Creía que era por eso, porque la muerte hace milagros. Pero no.

—Micaela, sé que no es el mejor día, pero tienes que bajar a la planta noble.

—No quiero el pésame del gran jefe.

—Ni él quiere dártelo, Micaela. Baja.

—¿Para qué?

—Para ver al director de recursos humanos.

—Ya les he visto. Ya me han pedido el certificado. Mañana lo traigo.

—Baja, Micaela, y antes llama a tu abogado.

—(...)

—Por favor.

Mi cerebro cansado se iluminó despacito:

—¿Ya? ¿Ahora?

—Baja. Ya sabes que a mí todo me la suda, y, desde luego, no me voy a comer este marrón.

—¿El día que vuelvo de enterrar a mi madre?

—Micaela, lee mis labios: «me-la-su-da».

—Tú eres imbécil.

—¿Pero tú has oído hablar de la reforma laboral? A ver si la imbécil vas a ser tú.

—Abaratar sin construir es destruir.

—Hazte una pancarta, Micaela. Y baja.

Y en la escalera me dio tiempo a escribirle a Miguel un mensaje, que, por favor, viniera a buscarme.

La verdad es que yo no sabía que el director de recursos humanos era cariñoso. Tampoco que había renunciado a su trabajo pero no a su sueldo. Resultaba que sí, que era público y notorio que mi jefe era un inepto, que no trabajaba y que, por no hacer, «porque me da pereza, coño, y porque me la suda», que me lo había dicho mil veces, tampoco presentaba lo que hacíamos los demás.

Resultaba, por tanto, que querían sustituirlo.

—¿Lo vais a echar?

—No, Micaela, eso no podemos hacerlo. No me pidas que te lo cuente porque yo no me sé los detalles. Imagínatelo: veinte años en la empresa, favores, secretos, cadáveres...

—¿Hacemos una serie como *Los Soprano* con mi jefe como el sobrino tonto y los dueños de la empresa en plan Tony...?

—Hazla tú, ahora que vas a tener tiempo.

—Vamos a hacer una cosa, ¿vale?, que no nos conocemos demasiado. Yo te lo pongo fácil y tú me dices la verdad.

El director de recursos humanos podía ser cariñoso, y hasta podía ser honesto.

—Está bien. A tu jefe no se le puede despedir y a ti no se te puede ascender. No me preguntes por qué. Yo sé que eres buena trabajando, y lo he preguntado de todas las maneras posibles pero nadie me da una respuesta. O me la dan y me dicen que eres demasiado inteligente, cosa que dudo. El caso es que van a contratar a alguien para hacer casi todo el trabajo de ese imbécil. A él le cambian el cargo, patada lateral, entra una persona nueva porque no reconocemos el talento interno y, como no podemos pagar tres sueldos de directivos, sales tú. Negaré habértelo dicho, como te puedes imaginar.

—Me lo imagino, pero espera. ¿Me despedís porque mi jefe no pega un palo al agua?

—Por eso, pero, sobre todo, porque viene alguien a hacer lo que él no hace y tú sí haces.

—Supongo que sabes que no tiene sentido…

Media hora después, Miguel ya me esperaba en mi despacho. Tenía el casco en la mano. Ya pasa de los cuarenta y sigue siendo muy guapo. Una hija adolescente y sigue siendo muy guapo. Una ex mujer vencida y sigue siendo muy guapo.

—Vamos, Mica.

Y fui, claro.

Esta mañana él se ha ocupado de todo: del abogado, del paro, hasta de recoger mis cosas delante de ese jefe que ya no tengo. Me ha contado que parecía algo nervioso:

—Pensé que Micaela vendría a dar la cara, toda chulita y dura, como es.

—Mejor no pienses en ella de ninguna manera. Que no sabes cómo es, y ya no vas a saberlo.

Dice Miguel que fue educado. Yo sé que fue firme. ¿Y yo? Pues aquí, en su casa, en su cama, en su vida. Tengo que terminar este CV, recoger la casa de mi madre, volver a la mía, llenar mi nevera, encontrar un trabajo.

—¿De verdad quieres eso, Mica? Todavía no tienes que hacerlo.

Eso ha sido a mediodía, cuando me ha traído sushi. Miguel me consiente tristezas que no se consiente a sí mismo.

—Te cuida, eso te lo he dicho yo siempre…

Ése es Manu, que está abriendo latas e improvisando una cena en casa de Miguel con la misma tranquilidad que en la mía o en la suya. Diego está aparcando. Con Ana hemos estado comunicados toda la tarde por Skype. Y pronto llegará mi ex.

—¿Te molesta que me caiga bien y que tenga confianza?

—No, no.

—¿De verdad no te gusta que te mimen?

Manu me está mirando despacito, intentando pillarme en un renuncio y, sobre todo, buscando un final feliz.

—Pues claro que me gusta.

—¿Entonces…?

—¿Sabes una cosa? Miguel no pone la cara esperando que yo le bese, como algún egoísta que conozco. Miguel se acerca y me besa, porque quiere besarme.

—(…)

—Y Miguel tampoco me dice ya que me quiere; simplemente está, y me quiere.

—(…)

—Y no me mires así, que yo le quiero, pero no estoy enamorada. Algo tan tonto y tan definitivo.

—Enamórate de él, Mica.

—Espera un poco, ¿vale? Déjame que siga viviendo.

—Anda...

—Si ya lo sé, que si esto fuera una novela y no mi vida, sería el momento de acabarla en plan tramposo y complaciente. Me embarazaría, me enamoraría o me llamarían para un supertrabajo en Nueva York. Pero yo lo que quiero es retomar lo que tenía: una vida con amigos y trabajo, sin pareja y sin hijos.

—¿Y si escribes, Mica? Ahora que tienes tiempo, ¿por qué no escribes?

Son casi las doce de la noche cuando entra Diego. Agotado, con una botella de Martin Miller's y esa sonrisa optimista, constructiva y buena que yo tanto quiero. Viene de Los Ángeles, ha estado una semana seleccionando películas y series mientras yo recogía cenizas. Diego me sonríe y me levanta en brazos. Lloro otra vez. Creo que ya voy a llorar siempre, todo el rato, que lo único que voy a hacer con el resto de mi vida es llorar. Sola o en compañía de otros. Pero entonces Manu le pellizca el culo a Diego, y le abrimos hueco.

Estamos en la cocina de Miguel, que ha querido dejarnos solos, pero llegará pronto, y Diego y Manu se miran, se guiñan un ojo y ya sé que me viene una sorpresa y que no puede ser mala. Lo cual no significa que sea necesariamente buena.

—Mica —empieza Diego, serio, siempre más reflexivo que Manu—, no te vas a creer lo que ha comprado mi empresa.

—No me lo voy a creer, no —le digo yo dándole el pie en los momentos adecuados, muy bien amaestrada y siempre apoyando a mis amigos.

—Ponle interés, borrica —me empuja Manu.

—Le pongo interés, venga.

—Hemos comprado una editorial.

—¿Por qué? —pregunto realmente sorprendida.

Diego dirige, para toda Europa, la mayor productora de contenidos audiovisuales, hacen pelis y series, hacen informativos, hacen dibujos animados. No hacen libros. Su negocio sufre, pero no es prescindible. La lectura y las palabras en cambio, se están perdiendo, menos cultura y menos democracia.

—¡No seas brasas! Otra vez con la política... Basta, Mica —grita Manu exasperado.

Diego me lo explica como si fuera un cuento. Érase una vez un señor que decidió cubrir el hueco de las librerías físicas y montar la mayor empresa de distribución de libros del mundo; luego, cuando ese mismo señor vio que la lectura iba a digitalizarse como cualquier consumo de contenidos, decidió también inventar un aparato de lectura y llenarlo de todos los libros, todos, al mejor precio. Así, poco a poco, ese señor fue perfeccionando su aparatito, sus libros, sus contenidos. «Y ya no son libros, Mica. Ya lo sabes. Tú tienes un Kindle y un iPad, y te lo lees todo, y te lo ves todo. Ese señor ahora hace series. Conmigo.»

Manu se impacienta y me cuenta la otra parte de la historia. No sé bien cómo lo han preparado en las últimas horas, mientras Diego veía pelis y volaba, y Manu me acompañaba en casa de Miguel. Por telepatía, supongo.

—También se abren otros huecos, Mica. Ahí fuera hay muchos autores, demasiados, pero también muchos lectores que están deseando que les cuenten otras cosas y que se las cuenten de otra manera.

Y se ponen a citarme casos de autores que se autopublican y que se han hecho millonarios.

—Ya lo dudo —digo mordisqueando una nuez porque creo que es lo que me toca.

Pero al final me canso de oponer resistencia porque están documentados.

—Escribes como te da la gana, Mica.

—¿Y tú qué sabes?

—Me lo enseñó tu madre en el hospital. Un par de cuadernos.

—¿Cómo y por qué?

—Porque teníamos un plan.

—Vamos mal…

Pero Manu insiste:

—Es como esas pelis francesas, de relaciones personales, de amor y desamor. Tú eres mejor cuando sufres y te cuentas desgarrada.

Ahora resulta que mi mejor amigo es un sádico.

Diego le sirve el primer gintonic de Miller's y yo empiezo a entender que me están proponiendo escribir una novela autobiográfica. Dicen que hay mucha distancia entre mi CV y yo, entre mis logros y mis fracasos, entre lo que soy y lo que parezco.

No acabo de entenderlos.

—Manu, tío, que me acabo de quedar en paro, y de la literatura no se come.

—Si se te nota la amargura y el dolor al escribir, millones de personas empatizarán contigo.

—Millones, seguro…

—Que sí, Mica, que todos hemos sufrido.

—Y, además, que yo no estoy amargada, idiota, que me

ha estado amargando mi jefe que era bobo, y me amargan los emperadores desnudos y sus súbditos cobardes... Y el estado del bienestar que nos creímos y pagamos y ahora nos han quitado...

—Mica, yo hablo de tu vida en general y no de tu carrera en particular.

—Y yo no quiero hablar de nada. ¿Quieres que escriba sobre la muerte de mi madre? No me da la gana. Estoy triste y en paro, nada más. Eso no significa que pueda escribir una novela.

Y entonces nos interrumpe Diego, recostado sobre la silla:

—Ya, Mica, pero tú no te resignas nunca. Eres insumisa por naturaleza. Siempre te dejas la piel y te parten la cara y el alma. Y luego vas y te levantas. Si contaras eso... Si contaras que estás viva y que no vas a morirte quieta...

—Si contara eso, no estaría contando nada distinto a lo que podría contar cualquiera.

—¡Exacto! —gritan los dos.

—...Y no tendría valor.

—Sí que lo tendría, Mica, sí. Ahí te equivocas. La realidad es lo que funciona en la ficción.

—Me estáis mareando.

—Que sí, una novela con piel.

Manu ha buscado en su iPad a Beigbeder: *13,99 euros*, la novela que le garantizó el despido y le hizo rico porque contaba la verdad y la contaba bien.

—Un poco tarde, Manu, a mí ya me han despedido, esto ya lo hablamos.

—Tómatelo como un despido preventivo.

—¿Y podría hablar de política?

—Mica, todo lo que tú haces es política, porque eres una activista y nunca tienes miedo.

—Claro que tengo.

—Joder, qué pesada, ni siquiera se te puede halagar con la verdad. Lo matizo: tienes miedo, pero nunca te achantas. Escribe sin miedo.

—«Escribir lo que debería me da miedo, y escribir otra cosa me da vergüenza.»

—¿Qué dices?

—Es una frase del último libro que le regalé a mi madre.

—Pues se trata exactamente de eso. Hazlo. Es perfecto.

Puedo imaginar la reacción de mis hermanos.

«Que sí, que sí, que siempre has esquivado las faltas de ortografía, pero es más mérito de la profesora de lengua del colegio que tuyo. No lo veo», ése es Pablo.

Y Jon, más pragmático, que vale, pero que si es en plan vomitona, una lista de traumas y agravios, haga el favor de no mencionarlos.

¿Y Miguel? Miguel entra por la puerta, con más ginebra y chocolate en bombones y en canutos ya liados. Diego y Manu lo abrazan y lo llevan al salón. En dos minutos le han informado. Miguel me da un beso y me acaricia el pelo.

—Si no funciona, Mica, ponemos un bar.

—Y lo llamamos La Piel.

—La Piel de Mica.

—¿Dónde?

—En Girona.

—En Menorca.

—¡En Madrid, joder! —grita Manu.

—Vale, vale, ya lo negociamos.

Y, de repente, me callo y les veo. Miguel, Manu, Diego. Sus voces graves, sus corazones grandes, sus risas fuertes.

Estoy viva, estoy con ellos, estoy bien.

—Y, además, tú pareces francesa.

—Así, morena, delgada, con el pelo corto.

—Claro que sí. Es que, Mica, deberías ser francesa.

Ahora que lo he contado
todo, sólo me falta contar
la verdad

Agradecimientos

Este libro nunca se podría haber escrito sin «Las Chelas», mi madre, mis tías, mi abuela; las mujeres Salazar que nacieron navarras donde les dio la gana y que, desde sus ojos grandes y sus caracteres fuertes, nos enseñaron a leer y a escribir; a poner nombres y matices al amor; y, sobre todo, a querer y a decir que queríamos.

También habría sido imposible sin mi padre, que un día me llamó inconstante y me retó a hacer literatura. Y sin mis tres hermanos, que a veces están y siempre son.

Y sin Sol.

Gracias a todos; lo mejor que tengo es vuestro.

Nota

La cita del último capítulo de la novela («Escribir lo que debería me da miedo, y escribir otra cosa me da vergüenza») es de *Betibú*, de Claudia Piñeiro (Alfaguara). Una novela que me gustó, por cierto.

Colofón prestado

(para jefes mediocres y amantes torpes)

Ya no

Idea Vilariño

Ya no será
ya no
no viviremos juntos
no criaré a tu hijo
no coseré tu ropa
no te tendré de noche
no te besaré al irme
nunca sabrás quién fui
por qué me amaron otros.
No llegaré a saber
por qué ni cómo nunca
ni si era de verdad
lo que dijiste que era
ni quién fuiste
ni qué fui para ti
ni cómo hubiera sido

vivir juntos
querernos
esperarnos
estar.
Ya no soy más que yo
para siempre y tú
ya
no serás para mí
más que tú. Ya no estás
en un día futuro
no sabré dónde vives
con quién
ni si te acuerdas.
No me abrazarás nunca
como esa noche
nunca.
No volveré a tocarte.
No te veré morir.

Colofón propio

Menos mal que algunos nos equivocamos
para que otros puedan seguir siendo perfectos.
O, quizá, menos mal que algunos son perfectos
para que otros nos podamos seguir equivocando.

Continuará…